鹦鹉楼谜案

[日] 真梨幸子 著

胡环 译

台海出版社

◇千本樱文库◇

◇前言 PREFACE

文库，原本是指收纳书物的仓库和书库，也指收纳书与记事簿，以及不常用物品的小箱子。以前者为例，京滨急行线的“金泽文库站”就是以前镰仓时代北条氏用来收藏汉书用的，“金泽文库”名字的由来便是如此。东京都的世田谷区也存在着收集着珍贵汉书的“静嘉堂文库”。后者则更多地被称为“手文库”。

江户时代以来，可以放入袖袂的小开本书籍逐渐流行起来，被称为“袖珍本”。明治三十六年（1903 年），富山房发行了小开本的丛书，起名“袖珍名著文库”。随后，明治四十四年（1911 年），讲述战国时代的猿飞佐助和雾隐才藏系列故事的讲谈社“立川文库”发行出版。

讲谈是日本民间艺术，以口语化的方式讲述历史故事的形式。而“立川文库”则是将讲谈收录成册集中出版的丛书，据统计，当时刊行量为 200 册左右。从那时起，文库就脱离了原本的释意，逐渐演变成了现在的类书集丛。

文库说法借鉴了日本出版业界的传统说法。而千本樱源自日本奈良县吉野山樱花盛开的奇景，世人皆称“一目千本樱”来形容樱花美景。千本樱文库的纳入作品皆为日系作品，题材包括推理、悬疑、幻想、青春、文化等类型，正如千本樱满山盛开的绝景。

现代日本，以“文库”命名刊行的丛书系列有 200 种以上，所谓“文库本”只不过是统称而已。日本传统的“文库本”常用的是 A6 尺寸的 148mm × 105mm，也叫“A6 判”。千本樱文库的所有书籍将在“文库本”

的基础上提升，达到 148mm × 210mm 的开本标准。追求还原的前提下，力图带给读者更清晰的阅读体验。

发自莫格街的推理火种，经由贝克街的名侦探，扬起本格黄金时代的风帆，乘风破浪驶向远东。孤悬海外的极东岛国汲取欧洲推理特长的同时，也发展出了很多本土化的推理小说类型。比如，以松本清张为代表作家的社会派推理类型，基于本格推理再创作的新本格类型，探查普通生活中奇怪琐事的日常之谜类型等。2007 年，月刊《书的杂志》打出“致郁推理”的标题，后来人们就将读完令人心情压抑的推理小说归纳进了“致郁推理”的类型。一年以后，凑佳苗创作的人气小说《告白》引发轩然大波，“致郁推理”也就此深入人心。其实，《告白》尚未出版之前，沼田真帆香留便已经开始创作此类作品，当《摇摆的心》大获成功以后，其出道作《如果九月可以永存》也取得了佳绩。但是，“致郁推理”的旗手不仅限于这两位作家。2005 年，凭借《孤虫症》斩获第 32 届梅菲斯特奖出道的真梨幸子也是“致郁推理”的青睐者。

所谓“致郁推理”，顾名思义就是阅读之后受到冲击震撼，从而引发心理不适的小说类型。真梨幸子发表《孤虫症》以后，尽情地挖掘人类内心深处潜藏的负面情感与黑暗，任其暴走。创造出了只属于她自己的狂气风格，相当多的读者都被“不想读”却又忍不住读下去的欲望所俘虏。至今，出道十八年的真梨幸子已经创作出了三十余部作品。在她的笔下，那些生活碎片中满是凡人的恶意，隐秘的角落里充斥着真实的人性阴影。本作中，真梨幸子采用切换叙述视角的方式来推进故事，以描述人物的人生经历和内心状态为主。叙述者发生了变化，叙事方式发生了变化，时代氛围也发生了变化，“鹦鹉楼”却神秘依旧……

千本樱文库编辑部

MULTI-NEW ROUTES OF MYSTERIES

推理的多元新航路

如今，推理已经成为全世界都非常热衷的娱乐元素，冠以推理概念的动漫作品、影视作品、游戏作品更是层出不穷。

随着这些娱乐形式深入到生活的方方面面，作为原生土壤的推理小说却日益被边缘化。为了适应不同时代读者的需求，推理小说也会进行相应调整，因此，世界各国的推理小说都在探索新的内容与形式。

不同的时代会涌现不同风格的文学作品，推理小说也无法脱离时代背景。在经济全球化愈演愈烈的现在，推理也在多元化的大航海中不断开辟着新的航路。所以，我们不仅要挖掘深埋于历史中的名作，也要竭力推广优秀的新作品。

从某种程度来说，奖项和销量是衡量一部作品的重要指标，获奖作品与畅销作品代表着所处时代的文化趋势。但是，任何时代都有很多充满创作热情的作者，他们的作品或许没能满足当时市场的需求，却同样富有个性与魅力。

“推理的多元新航路”旨在敢为人先，在发现、传播新人佳作，为推理文化注入活力的同时，我们也想将埋藏于历史的杰出作品传递给热爱推理文化的读者。宛如大航海时代一样，联结古今文化，共享推理盛宴。

千本樱文库

千本樱

鹦鹉楼谜案

目录

CONTENTS

第一章 一九六二年 新宿十二社 003

第二章 一九九一年 感应遗传 027

第三章 二〇〇六年 混乱 183

第四章 二〇一三年 再现 249

第五章 二〇一三年 鹦鹉楼晚餐 269

昭和三十七年（一九六二年）十一月七日，星期三，位于东京都新宿区十二社的“鹦鹉楼”高级餐厅发生了一起凶杀案。

当年，我是熊野神社前派出所的一名警察，那天正好我值班。

晚上九点半左右，一位女子慌慌张张地跑了进来，长衬衣外面随便裹着一件棉袍儿。这身装扮让人一眼就能分辨出她是十二社池的艺妓。

“不得了啦，不得了啦……”

女子脸色煞白，只是语无伦次地重复着这样一句话。

“冷静，冷静。请问你是哪位？”

“别管我是谁了，出大事儿了，出大事儿了！”

女子大喊。

“鹦鹉楼，快，鹦鹉楼……”

她口中的鹦鹉楼位于十二社池，是一栋西式建筑，因一只名叫“太郎”的巧嘴鹦鹉而远近闻名，表面上是一家高级餐厅，但风闻暗地里从事一些见不得人的交易。虽然我们经常去搞突袭，但是老板娘是一个久经风浪、极其狡猾的老江湖，导致我们一直没能找到他们违法的蛛丝马迹。

“鹦鹉楼？出什么事儿了？”

我腾地探出身子，终于出“事儿”了吗？那个有能耐的女人可算露出狐狸尾巴了吗？

“被杀了！”

女子猛地拔高了音调。

“杀人了呀，杀人……”

于是，我警察生涯中最为阴惨漫长的一个黑夜拉开了序幕。

（摘自吉村警官的回忆录）

第一章

一九六二年

新宿十二社

1

当年的西新宿，还是一片旷野，一眼便能望到头。

净水厂占了大半个区域，西边是摄影厂和熊野神社，再往西是一片片临时工棚区和杂草丛生的空地。因为没有高大的建筑物，所以那两个突兀的储气罐便成了视线的焦点，成为一道略显怪异的风景。

当年，我家住在十二社大街。从新宿车站西口出来，沿着净水厂向西步行十五分钟左右，过了熊野神社便是。

一九六二年，即昭和三十七年。

我十二岁，读小学六年级。

+

我家在连接青梅街和甲州街的十二社商业街上，家里经营着一个洋快餐店，名叫“十二社亭”。

父亲原本是陆军士官学校食堂的炊事员，战后偷偷在黑市上卖咖喱炖菜，后来开了这家店。

餐馆生意非常好，我每天放学后都要帮着送外卖。

每当回忆起那时的光景，脑海里首先浮现出的画面是：

一、夕阳映照下的储气罐。

二、净水厂水面上成群结队的水鸟。

三、熊野神社旁边的“轰轰瀑布”。

“轰轰瀑布”并不是官方的正式名称，而是附近的孩子们随意叫起来的。

想要靠近“轰轰瀑布”，需要一定的勇气，因为要经过熊野神社前的派出所。

其实，“轰轰瀑布”是一个排水通道。摄影厂与净水厂排出的废水从陶管中倾泻而下，发出了轰鸣声。

不过，看上去颇有几分小河流的意思，里面还真有鱼，经常能抓到雅罗鱼、虾虎鱼之类的小鱼。

那年九月，我在“轰轰瀑布”捡到一个闪闪发光的“宝石”，下意识回头看了一眼派出所的大门，只有一个小警察懒洋洋地站在那里，我悄悄握紧了手心。诚然，捡到东西应当交给警察，可是经过一番天人交战，我偷偷把“宝石”塞到裤兜里，转身逃也似的跑开了。

我回到家，心虚地不敢直视父母的眼睛，晚上自然没睡安稳，第二天到了学校也是一直处于惴惴不安中。

“宝石”的主人会不会找过来？警察不会来抓我吧？接下来的每一天我都在这样的恐惧和不安中度过，切身体会到了逃亡者的心情，不可思议的是，这种紧张竟然让我感到无比刺激和兴奋。

迄今为止，我从未意识到“自我”的存在，没有生存的实感，总感觉自己像个透明人，被人忽视，被人遗忘，所以小小年纪却常常生出一种深深的虚无感。然而，贪污“宝石”的罪恶感以及怕被警察抓走的恐惧感给我波澜不惊的透明人生涂上了几抹色彩，勾勒出模糊的“自我”轮廓，让我意识到自己是这个世界上独一无二的人。自我觉醒的兴奋感让我脸生红潮、心生悸动。但是，这种兴奋劲儿毕竟是短暂的，于是为了不断唤起这股兴奋，我便屡屡前往“轰轰瀑布”，因为我发现每当走过派出所门前时，这种兴奋感尤为强烈。

然而，半个月后，我就在同学手中看到了同样的“宝石”。而且，他说自己是在瀑布那里捡到的，还说这是摄影厂丢弃的损坏的三棱镜，而三棱镜的材质是玻璃。

我在教室角落里偶然听到这番话，几乎就在那一瞬间，我仿佛看到人生画卷上那几抹亮丽的色彩一下子失去了颜色，那个“自我”轮廓也一下子消失了。

但是，那种“兴奋”已经深深刻在了我的感官中，就像喝酒的人忘不掉酩酊大醉感、吸烟者抵抗不了烟草香味一样，我一遍遍回味着那种“兴奋”，期待再次让我切实感受到生存感的机会。

+

十月底的一天，过了早晨忙碌的饭点儿，我在店里的空桌子上摊开了作业本。就在这时，传来了敲门声，我抬头一看，门口站着一个女孩子。

是我的同班同学水木。

水木经常来点外卖，每次必点两份肉排饭和一份蛋卷饭。听到她的要求，还在厨房忙碌着的父亲大声说：“鸡蛋没有了，蛋卷饭不能点了。”

“那，那就要鸡肉饭吧。”

水木小声说了一句，躲闪着我的视线匆忙跑了出去。

不知什么原因，水木在学校里也躲着我，从不与我正面相对，但跟其他男孩子却能毫不顾及地聊天笑闹，而只要离我稍近一点，她便“嗖”地躲开了。

母亲推测说道：“可能是因为她家是我们家的客户吧。”

可是，如果是客户的话，不是更该趾高气扬地甩出一句“我可是你家客户”而高高在上地俯视我吗？事实上，还真有这样傲慢无礼的女孩儿。反之，也有觊觎我家好吃的饭菜而对我极尽讨好之人。

然而，水木从来就是彻底无视我，躲避我。

“看来那孩子非常在乎自家状况啊，毕竟同学中只有你去过她家不是？她是不是觉得难为情？”

我不止一次去她家送过外卖。

水木家在十二社池的对面。

十二社池离繁华的商业街很近，不过步行几分钟的路程，却是隐藏在郁郁葱葱树林深处的一个奇特世界，我一点也不想走进去。白天，那里就像是被遗忘的森林一样死气沉沉，宛如亡灵的栖息地，似是一道无形的边界围起来的一片神秘地带，尤其是小孩子不得踏入的禁区。不过，也有不少胆大的小孩子听说里面有很多珍贵的鱼类，便扛起渔网雄赳赳气昂昂地跑去，结果到了那里感受到那种阴沉气息，立马打起退堂鼓，急急忙忙逃了回来。

然而，当夕阳西沉、华灯初上之时，那片树丛便会展露出它的真实面目。

水面上漂荡的游船、摇曳的灯笼，岸边一字排开的料理店、三味弦和手鼓的乐声，还有温软的娇声俏语。

“大概是不想让同学知道自己家在花街上吧。”说完，母亲又叮嘱道，“所以，在学校里可不能提这事儿哟。”

我嘴上答应着“明白，明白”，但按捺不住心中的疑问。

我不明白的是，为什么大人热衷打造那样一个世界，又为何不愿让小孩子看到？

花街上到底有什么吸引人的东西呢？

大人们都叫那条街“花街”，但我看来并没有什么特别之处。

水木家是一栋普普通通的老房子，只是大门口挂着一个写着“美好”二字的牌子，门一开就飘出香香的脂粉味儿。家里住着几位女子，外卖就是给她们订的。她们总是顶着一张还没有化完妆的脸、拖着长衬衣，面无表情地从我手中接过外卖。

直到一个月前，我才知道那里是“青楼”，并不是有人专门告诉我的，而是我偶然听到妈妈她们闲聊时得知的。那些女子是陪着来料理店消遣的男人们寻欢作乐的应召艺妓。

也就是说，“花街”就是供大人们饮酒作乐的风月场所。

十二社的花街上艺妓众多，相应地料理店也多。这些都是我从大人们的闲言碎语中听来的，可能不是百分之百的真实，但不管怎么说，可以肯定的是，十二社池就是一个供大人们玩乐的地方。

当然，肯定不止这些，我感觉那里隐藏着许多秘密。

我还在胡思乱想中，外卖已经做好了。这么快啊！咦？怎么是三份蛋卷饭？

“不对呀，不是说没有蛋卷了吗？”

“这是另外一家点的外卖。你去送吧。”

我不解地看着母亲。

“送到哪里？”

“十二社池的鹦鹉楼。”

“鹦鹉楼？具体在哪儿？”

“十二社池南边不是有块儿高地吗，就在‘美好’的背面。算了，我给你画个图，很好找的，洋气的西式建筑，三层楼。”

“水木家的外卖怎么办？”

“我去送。”

说完，母亲在广告单的背面画了一个简单的路线图递给我。

“记住，不能挂账，一定得让他们交现金。”

我很快找到了鹦鹉楼。果不其然，眼前是一栋气派的西洋风格建筑，上下三层，就跟以前在图画书中看到的糖果屋一模一样，而且还有一个大大的院子，开满了五颜六色的鲜花，只是感觉与周围的环境格格不入，非常不协调。

我握紧手中的食盒，深深吸了几口气。

找到后门，小心翼翼地推开了一条缝。

“欢迎光临，欢迎光临！”

一道声音传来。我抬头一看，原来是关在吊笼里的一只鹦鹉在说话。这只鹦鹉体长五十厘米左右，通体白色，只有头顶上的毛是黄色的。

它嘴里突然又冒出一句。

“你叫什么名字？”

突如其来的提问惊得我差点扔掉手中的食盒，反应过来后不禁哑然失笑。

“哎呀，还挺快的。”

一个大脸盘的中年大婶走了出来，身穿一件红底黄菊花的艳丽和服，却莫名让人觉得很适合她，看上去像个相声演员。

大婶“啪，啪”拍了两下手掌，一个驼背老婆婆应声走了出来，同样穿着一件艺妓们才会穿的那种花团锦簇的鲜艳和服。老婆婆眼神犀利，冷声吩咐我赶快拿出外卖来。

我赶忙打开食盒，拿出那三份蛋卷饭。

老婆婆“啪，啪，啪”拍了三下手掌，这次走出来的是两个身穿统一号衣的老头儿，他们一把从我手里夺走了蛋卷饭。

大脸盘大婶冷漠地瞥了我一眼，下巴一扬。

“没你什么事儿了，还不快走！”

“那个……一共四百五十日元。”

“记账上行了。”

“可，可是，不能记账的，我妈再三叮嘱我……”

我故意装出一副泫然欲泣的样子，嗫嚅着说道。以前曾经靠这个小伎俩成功拿到过现金。我继续使出苦肉计。

“我爸，我爸会揍我的……”

“真是的！”

大脸盘大婶不满地嘟囔了一句。然后，不情不愿地从腰封里掏出挂着一个小葫芦坠的钱包，继续发牢骚。

“专门打发小孩子过来，不就是为了要钱。”

大婶掏出一张面值一万日元的纸币。

这么大的票，我怎么找得开啊？我偷偷看了一眼母亲给我的收款袋子，几乎要哭出来了。这次绝对不是装的。

大婶扬扬下巴，得意扬扬地说："没零钱找吧？没办法，那就只能挂账喽。"

这时，传来一道声音。

"哎呀，怎么能刁难一个小孩子呢。"

走过来的是一个西装革履的微胖大叔。就算我是小孩子，也能看出那身西服质地有多么精良，可是穿在他身上却让人觉得廉价俗气，是因为他那个油光铮亮的大脑壳吗？

"啊呀，金田先生！"

一看到他，大脸盘大婶双眼放光，连音调都抬高了不知几个度。

"金田先生，不要冤枉人嘛，人家真的是没有零钱，只有万元纸币呢。"

"知道，知道。"

大叔掏出一个闪闪发亮的皮钱包，从里面抽出一张千元纸币。

好，很好，这样就有零钱找了。我赶忙翻着收钱袋子。

大叔又开了口。

"不用找了。给你的小费，收起来吧。"

小费？也就是说剩下的五百五十日元都归我了？五百五十日元，可以去看三场新上映的电影。眼前闪现出方南大街上电影院的宣传栏，那是"若大将系列[1]"的最新作。然而，我心中并没有预期的欣喜，甚至没有丝毫感谢之意，怎么说呢，反倒涌起一阵苦涩。

但是，我还是微笑着鞠躬致谢。

1　日本东宝株式会社于1961年至1971年制作的青春系列电影，共17部。——译者注正要抬起头时，“欢迎光临，欢迎光临”的鹦鹉叫声再次响起。

回头一看，一张熟悉的面孔闯进视线，小脸上满是震惊。

水木，竟然是水木！

她穿着浅蓝色的连衣裙，头上系着一条与裙子同色的发带，脸颊上涂着腮红，嘴唇上涂着鲜艳的口红。

我的直觉告诉我此时还是装作不认识为好，于是提起食盒扭头径直往外走。水木比我高出一个拳头，错身而过时，她的肩膀擦过我的脸颊。

香味扑鼻。

2

第二天，水木没来上学。

我暗自松了一口气，说不清为什么会这样，反正就是不想见到她。

那天是星期六，我和同学约好下午去“轰轰瀑布”抓鱼。

与我相约的自然是小本、小菅、小安三人，都是平日极力讨好我的家伙，讨好我的目的莫过于我家那些好吃的。父母心疼我，总怕性格内向的儿子在学校受孤立被欺负，所以只要我带同学来店里，他们总是慷慨款待。这三个家伙尝到了甜头，每到星期六便找各种理由约我一块玩儿。

但这三人并不是坏孩子，只是家里太穷了，平时就靠学校的那点配餐补充营养，到了星期六就不得不从其他地方找补，而我就成了他们的目标。但是，他们并不是白吃白拿，而是主动从各个方面补偿我。比如听我说“真是的，布置这么多作业”便马上帮我写，听我说“真想赶快回家啊”便主动替我值日。

不过，声明一点，我可从未强迫他们做这些事儿。我无意称王称霸，最主要的是我喜欢一个人独处，而他们三人总是主动接近我，总是这样那样地讨我欢心。起初，我不理会他们，可他们就像饿狗围堵猎物一样，伺机一点一点缩小包围圈。后来我索性屈服了，干脆接受他们的示好，做了他们口中的“老大”。

说到狗，当年熊野神社附近经常有一条胖胖的赤犬出没，虽然没有项圈，但一看就知道曾经受过训练，一定是被丢弃的家养狗。

我们叫它“大熊”，源自熊野神社的“熊”。

大熊非常聪明，好像知道一旦被大人看见就会被送进动物收容所一样，所以从来不在大人面前出现。而且它还能看出谁是真的喜欢它，只有看到那些孩子来了才会现身。

我也得到了大熊的信任。

那个星期六，父亲为我们做了意大利面。吃饱喝足之后，我们就去了“轰轰瀑布”，刚走到熊野神社，大熊一下子从灌木丛中窜了出来。

大熊“呜呜”着在我脚边乖巧地坐下来。

可是，我没带什么吃的。

“没有，什么也没有。”

大熊听了我的话，用湿漉漉的黑眼睛盯着我，不停地“呜呜呜”叫着，就像是在诉说“饿死了，饿死了”一样。

我准备把外套的口袋翻出来给大熊看看，证明我没有吃的东西。

咦?

刚把手伸进口袋，就碰到了一个东西，掏出来一看，是个油纸包。我猛然想了起来，是昨天送外卖的小费，五百五十日元。昨天一回到家，我就给母亲汇报了小费的事儿，母亲听了便从收钱袋子里找了五百五十日元的硬币，用油纸包起来塞到我的口袋里。

“既然是给你的，那你就收着吧。不过，不要告诉爸爸哦。”

哇……看着这意外的惊喜，我回头对那三个家伙说道：“走，看电影去！”

“嗯，嗯？”

三人难以置信又满含期待地望着我。

“没错。看……电……影……”

我大手一挥，指向方南大街——电影院就在那条街上。

三人双眼放光。

“看《若大将》吧！”

“《若大将》，欧耶！”

“大熊，等着哈，等我们看完电影给你带爆米花。”

遗憾的是，那天我们看的不是《若大将》，而是一部欧洲的黑白电影——《灰烬与钻石》[1]。

等我们到那儿时，《若大将》那场已经满员，最主要的是我们的钱不够，还差五十日元，无奈只好选择了隔壁的经典影片放映室，当时想着只要是电影肯定都很有意思，结果却发现大错特错。首先按我们的知识水平连认全字幕都很难，再加上黑白的画面枯燥无趣，小菅率先打起了瞌睡，接着小本和小安也相继发出了鼾声。

---

1 《灰烬与钻石》是一部由安杰依·瓦依达执导的剧情片，于1958年10月3日上映。该片根据波兰作家耶日·安杰耶夫斯基的小说《战争刚结束》改编而成，讲述了一个右翼组织的杀手奉命杀死波兰的党组书记的故事。——译者注

而我本着睡觉就亏了的想法，强撑着瞪起眼睛坚持看到了最后。

走出放映室，小本就言不由衷地说了一句："真好看！"

估计是吃人嘴软拿人手短，小菅和小安也违心地勉强附和道：

"嗯嗯，很有深意。"

"令人感动啊！"

其实，他们的心思还是在《若大将》上，无限迷恋地盯着《若大将》的宣传海报不舍得迈脚。

我们分享着爆米花，边吃边聊。

捏着爆米花袋子的小本，盯着《若大将》的宣传页，憧憬而坚定地说："大学生，真好。我一定要考上大学。"

泼冷水的是小菅："上大学有什么用，我才不上大学呢，中学一毕业就工作，赚钱盖房子。"

小安也跟着随声附和。

"是啊，是啊。大学生成天就是玩儿，上了也是白上。"继而又自信地说，"我不上大学照样能当总经理。"

小本没接他们的话，转头看我。

"小香，你呢？"

当年他们叫我"小香"。

"我……"

我一时语塞。我对"未来"没什么兴趣，也不是没想过，只是看不明白也想不清楚，没有什么让人振奋的设想，一切太过虚无缥缈，就像工厂大烟囱吐出来的白烟一样。

看我沉默不语，小本开口说道："小香，将来你一定会成为演员或歌手的。你长得这么帅，唱歌也好听。”

小菅跟着拍马屁。

“没错，没错，小香将来一定是个大明星。”

小安也跟着起哄。

“小香，快去参加东宝电影公司的新秀海选吧。”

话没说完，他突然惊呼起来。

“啊！快看，水木，是水木！”

果真是水木，她穿着连衣裙，正从播放《若大将》的放映室走出来，她旁边是一个微胖的秃顶大叔。咦？这不就是昨天在鹦鹉楼碰到的那个大叔吗？就是他给我的小费，我们今天才能看上电影。

小本嘴里嘟囔着。

“水木竟敢逃学……那个大叔是她爸爸吗？”

我刚想开口反驳，没想到被小菅抢了先。

“不是。”

说着，他悄悄躲在我身后。

看着水木和那个大叔走远，我问小菅：“你认识那个大叔？”

“他是我爸爸的一个朋友。”

“那你躲什么呀？既然认识，打个招呼就是了。”

“我讨厌他，我爸爸也讨厌他。”

“咦？他不是你爸爸的朋友吗？”

“以前他和我爸爸一起辛苦创业，不过现在变得利欲熏心，净做一些见不得人的勾当。我听我爸爸说的。”

“勾当？”

“诈骗、恐吓、偷盗……”

“这不是犯罪吗？”

“是啊，我爸爸说这个人很狡猾，就连警察都找不到抓他的证据，实在是让人厌恶，是个名副其实的大坏蛋。”

然而颇讽刺的是，正是托了这个坏蛋的福，我们今天才能看上电影，好不好看另当别论。对了，还有这香喷喷的爆米花。

我扭头一看，发现小本手中的爆米花袋子竟然快空了。可恶，肯定是他们趁我和小菅说话的空儿偷偷吃了。

“别吃了，给大熊留点儿。”

然而，等我们回去时，大熊却不见了踪影。我们找遍了熊野神社和“轰轰瀑布”，甚至都找到了摄影厂那边，也没看到它。

夕阳越来越低，将储气罐染上了暗红色，落叶在冷风中飞舞，阴沉的气息让人脊背一阵阵发凉。

不知谁颤抖着说了一句：“赶快回家吧。”

说话间，周围陷入昏暗中。

我把爆米花倒在瀑布旁边，期盼大熊能闻到香味回来。

但是，我心中忽地升腾起一种交织着不安和心痛、自己无计可施、无力扭转的不祥预感。

那夜，我刚睡下就听到了大熊的叫声。

似是与这个世界告别，又似是在绝望中挣扎的惨叫。

3

第二天，星期日。

那天，是怎么度过的呢？我有点儿记不清了。

也不能说记不清，明明一幅幅鲜活的画面清晰地印在脑海里，只是顺序错乱，而且我辨不清那一幅幅画面到底是真实发生的，还是我梦中的情景，抑或只是我空想出来的。每当我回忆那天发生的一切时，便会陷入这样的恍惚中。

不过，有两点是确定无疑的。

第一点是，我前一天放在瀑布旁边的爆米花丝毫未动。

第二点是，十二社池的“美好”青楼又点了外卖。

只是来点外卖的人不是水木，而是一个老婆婆，看样子是青楼的用人。

她照例点了肉排饭和蛋卷饭，额外加了一份炸虾。

还是我送的外卖，大约是晚上七点。

那个冬夜极其寒冷，我围上母亲手织的围巾前往“美好”，却忘了戴手套。

走到“美好”时，双手都要冻僵了，费了好大劲儿才打开门。提着食盒刚走进玄关，去点外卖的那个老婆婆就看见了我，她说“放那儿就行了”便催我离开。

可是，我的手竟然从食盒的提手上拿不下来了。就在我与不听使唤的手作斗争的时候，一个身穿内搭长衫、外披棉袍的女子从楼上走了下来，是那个名叫“小桃”的艺妓。与“小桃”这个清纯可爱的名字一点不相符，她年纪不小了，化妆之后还勉强能看，其实满脸都是皱纹，可能就是因为这个原因没有客人点名，反正我什么时候来都能看到她闲着无所事事。蛋卷饭估计是给她的，肉排饭肯定是给青楼的当家人订的，我还从来没见过这里的主人。

小桃见我来了就大呼小叫起来："哎呀，这不是洋快餐家的小家伙吗，欢迎，欢迎。"

我不禁头大，不知该怎么应付这个女人。她一叫我"小家伙"，我就忍不住要跳脚。

"小家伙，把蛋卷饭给我送到房间来吧。"

我看了一眼老婆婆。

"可是……"

小桃不在乎地说："她呀，神经痛，爬不了楼梯，所以只能你送喽。"

+

一上楼梯就是小桃的房间，四叠半[1]大小，感觉还挺宽敞，除了必备的衣柜、矮桌、火盆，再无他物。

矮桌上放着一个双筒望远镜。我把蛋卷饭放在了望远镜旁边。

透过窗户能看到鹦鹉楼。

这里是鹦鹉楼的正后方，能清楚地看到一楼的阳台和二楼的情况。二楼有五个房间，每个房间都装嵌着一扇别致的窗户，都没亮灯，应该是没人在。

1　"叠"同"畳"，计算榻榻米的量词，一叠相当于1.62平方米。——译者注

“这小手凉得呦。”

小桃突然抓住我的手。

“来，姐姐给你暖暖。”

说着，往我手心里吹了一口气。

臭死了！一股混合着烟草和食物残渣的臭味。小桃一嘴黄褐色的牙，看上去就像锈糟了一样。

我想抽出手，却怎么也抽不出来。小桃欺身压过来，我无处可躲，一下子跌坐在榻榻米上，大脑一片空白。

突然，好像窗外有什么吸引了小桃的注意。

原来是鹦鹉楼的一扇窗亮了。

还有一道清晰的人影，微胖、秃顶。

是他，那个给我小费的大叔。

“小家伙，莫非你认识那个人？”

“他给过我小费。”

“哦，是吗？那个抠门儿的老家伙还能这么大方？”她接着又说，“我说，你可得长点儿心，那个大叔可是个彻头彻尾的大坏蛋哦。”

她竟然跟小营说的一样。

那个大叔到底是做什么的呢？

“他在大久保开酒吧和赌博机店，但这只是表面上的生意，暗中搞的高利贷，被他祸害的人可多了去了。咦？”

又一道人影，是个女孩子，穿着一条连衣裙。

啊！水木！

“那孩子的妈本来是这儿的艺妓，后来丢下她跟男人跑了，我家老板看她可怜就收留了她。”

小桃拿起矮桌上的望远镜。

“那孩子的妈从吝啬鬼那里借了很多钱。唉，那孩子又能有啥法子呢……”

说着，小桃把望远镜架在双眼上。

“说起来，我家老板也够过分的，竟然狠得下心让这么小的孩子过去。不过有我在这儿监视着，那个老色鬼敢动真格的，我就报警。”

就这么明目张胆地窥探，不怕那个秃顶发现吗？

对面那个老色鬼到底要做什么，用脚趾头想也能知道。我心中一千个一万个不愿意见到那样的事发生，绝对不可以那样。想到此，我想站起身来，却感觉到大腿一阵钝麻，怎么也使不上劲儿，一种怪异的感觉传遍全身。身体好像已经脱离我的意识，像突然有了生命一样，我恐惧地感知着身体的热度上升。

“我去上个厕所。”

小桃把望远镜放在我腿上，走出房间。

我告诫自己要赶紧离开这里。

双手却先于意识，抓起望远镜架到了双眼上。

水木猛然出现在眼前，如此近，如此清晰。

我条件反射般地慌忙转开头。

不行，不行，必须马上离开这里。可是，身上一阵阵酥麻，根本动弹不得。而且，我有种强烈的预感，如果强行站起来的话，一定会发生不可描述的荒唐事。

双手不自觉地握紧了望远镜。不知哪里来的好奇心，也不知道是种什么样的冲动，鬼使神差的我再次将双眼凑到了望远镜前……

“啧啧啧，你这孩子还挺诚实的嘛。”

突如其来的声音吓得我一抖，差点儿摔落手中的望远镜。

小桃的眼神滴溜滴溜地盯着我。

她牵起我的手。

我赶紧躲开了，说实话有点儿恶心。

但此时的我满脑子都是望远镜中水木的那张脸，不停在我眼前晃动着，让我难以忍耐。

桌子上的蛋卷饭彻底干了。

炸虾也是。

炸虾是水木的最爱，记得她不止一次在作文中提到过。

那天晚上，我做了一个梦。

梦中的水木哭喊着，但我并没有停下来。

我俯视着水木扭曲的脸，水木呜咽着、呻吟着，说不清是哭还是笑。

这就对了，我一直期待的就是这种兴奋。只有这样的兴奋，才能让我血脉偾张、心跳加速，才能让我真切感受到自己活着。

这种刺激，这种兴奋，我想要更多，更多……

4

我已记不清到底是什么时候发现了大熊的尸体。

反正是早晨，一个极冷的早晨。

上学途中，路过熊野神社前面的垃圾站时，我看到邻居大婶们在那儿叽叽喳喳地说着什么。

“听说狗头被扔了。”

“狗身子呢？”

“没找到。”

“太狠了，竟然有人能下得去手。”

我走过去，大婶们看到我后不约而同住了嘴。

我加快脚步从她们身旁跑过。

当天晚上，我又做梦了。

大熊的脑袋，低头看着我，而且龇着牙，一副生气的样子。

它一定是看不起我吧，我竟然做出了那样的事。

那日之后，我经常去小桃那里。

然而，我又是讨厌她的，也可以说憎恨，甚至生出恨不得杀了她的念头。是她让我落到那般地步，是她让我沦为偷窥狂。

这样的我和那个秃顶的坏蛋又有什么不同？

那个恶魔在对面的鹦鹉楼里侵犯着水木，而我在这里想象着那幅画面，仿佛成了帮凶。

水木的样子闪现在脑海中时，我便能切实感受到自己活着，是一个无可替代的光辉存在。

想要一直这样下去。

而杀意，也随之愈浓愈烈……

十

是什么时候在鹦鹉楼发现了大熊的尸身呢？

反正是早晨，那天也极冷，极冷。

那天早晨，十二社池附近混乱不已，有几辆警车停在那里，看热闹的人群拥挤不堪。

平日懒散的警官们脸色通红，口中哈着寒气一脸严肃地进进出出。

大婶们一如既往地站在熊野神社前面的垃圾站前叽喳个不停。

“听说死了三个人。”

“三个！”

“凶手是谁？”

看我走过去，大婶们不约而同闭了嘴。

我加快脚步从她们身旁跑过。

当天晚上，我又做了一个梦。

梦到曾经看过的某部电影的最后一个场景。

一个受到枪击的男人像条蛆虫一样在荒野似的垃圾堆中扭动着，翻滚着。

不对，不是垃圾堆，而是净水厂。

我站在高高的储气罐上。

净水厂的水面上，水鸟受惊飞走了。

暮色降临。

净水厂对面，新宿车站周围的灯火一盏一盏亮起来。

老师曾说过。

这个净水厂几年之后也将消失，取而代之的是鳞次栉比的高楼大厦，西新宿将脱胎换骨。

老师还说过。

未来是光明的。

然而，我心中一团团黑色雾霾弥漫，一日复一日，日趋浓重。

曾经有一天，小本问我。

“小香，将来你想干什么？”

当时我不知怎么回答，如果是现在，我会给出一个明确的答案。

我一定会成为一个罪犯。

为了追求更强烈的刺激，不断搜寻猎物，在犯罪的道路上越走越远。

最终，像个蛆虫一样在垃圾堆中痛苦死去。

这……就是我的宿命。

无人能阻止，无人能改变。

第二章

一九九一年

感应遗传

5

<主文>

被告人河上航一，判处有期徒刑七年。

刑期从判决执行之日起计算，判决执行以前先行羁押的一百五十日抵刑期一百五十日。

<理由>

第一，被告人在明知A女未成年的情况下，强行与其发生关系。

第二，被告人在明知B女未成年的情况下，对其实施猥亵，B女大声呼救、竭力反抗，被告人掐住其脖颈，欲致其死亡，在实施犯罪过程中因担心B的家人突然回来，于是匆忙逃离，杀人未遂。

第三，被告人在明知C女未成年的情况下，强行与其发生关系，致使其内脏器官破裂，同时该犯罪行为给C带来巨大精神伤害，引发创伤后应激障碍。

第四，被告人看到D女一人独自回家，在明知其未成年的情况下，强行与其发生了关系。

本案主审人员站在充分为被告人考虑的立场上，对案件的情况和细节进一步进行了梳理和分析，在综合考量之后认为对被告人的判决合理合法。

据此，判决如下：

有期徒刑七年。

6

你在干什么呢？这是什么呀？

洋娃娃！美惠借给我玩的，她叫普林森斯珍妮。

普……林……森……斯？是公主的意思吗？

对呀，就是公主，她可是社交界的新星。

哇，好漂亮的蓬蓬裙！这么多的装饰花边，真华贵！皇冠也很美！

你要不要看看裙子里面是什么？

裙子里面？里面就不看了。

给你看看吧。

好啊。

你看，竟然还穿着内衣！真夸张，不就是个洋娃娃吗？

不可以这样说话哦。

如果把内衣脱了，会怎么样？

别，不可以这样做哦。

首先要脱掉小背心。

不要，住手！

快看！一个洋娃娃竟然还有胸部！

够了，住手！

内裤里面是什么样呢？

不要，住手！

停！

住手，小骏！

+

双膝猛地一抖。

随之，紧闭的双眼一下子睁开。

吹风机的声音戛然而止。

“怎么啦？”

镜中映出理发师疑惑的脸。

蜂塚沙保里瞬间换上一副笑脸。

“没事儿，打了个盹儿。”

理发师回之一笑，重新打开吹风机。

“您是太累了。谁让您人气那么高呢。”

哪有呀……话到嘴边，沙保里又生生咽了下去。如果这么说了，肯定又得招来一堆奉承话的狂轰滥炸，什么“您太谦虚了”啦、“每天都能在媒体上看到您的大名”啦……一个小时前不就刚刚经历过吗？当时不过是信步走进了一家服装店，结果为了摆脱导购员的假意恭维，不得已买了一堆无用的东西。

沙保里还是不适应别人的奉承。不可否认，起初听到别人这样称赞时心里是很高兴，但如今再听到这些，第一反应是事情不会这么简单，肯定不会有什么好事儿。

曾经有人这么告诫过她："别人夸你，小心那是不怀好意地挖坑等着你往里跳呢。"其实，沙保里心里很清楚，就连这个忠告也不仅仅只是出于好意。

是啊，如今这世道，绝不能单纯地相信一切。

讨厌，怎么又陷入这种偏激的思想中去了？沙保里定定地看着镜子中的自己。

怎么这么憔悴？哪有三十一岁该有的靓丽？眼睛下面的黑眼袋是怎么回事儿？脸颊上的斑点越来越多，唇角下垂，下巴不再紧致。这是谁？这张脸看着怎么如此陌生？谁？是谁？讨厌，不要过来，不要过来！

双腿又猛地一抖。

"您还好吧？要不，今天先到这儿？"

理发师关闭吹风机，从镜子中看着沙保里，满眼都是问号。

沙保里轻轻摇了摇头。

"没事儿。接下来有个采访，拜托一定给我做个美美的发型。"

"今天……采访？"

理发师呆呆地看着她，眼里写满了难以置信，似乎连自己的本职工作都忘记了，任凭拿着吹风机的手垂在身侧。

沙保里避开她的视线，像是催促她开工一样，夸张地笑了笑，主动开口解释。

"我家孩子今年四岁了，片刻离不开人。平日忙着接送他上幼儿园，应付各种家长集会，周六还得上兴趣班，又得耗费半天时间，只有星期天才是属于我自己的时间，因此，我想把所有的事情尽量都在这一天搞定。"

“原来是这样啊。”

理发师终于抬起了胳膊，吹风机嗡嗡作响，发丝在热风中飞舞。她的技术毋庸置疑，十五分钟的时间，一定能按要求做出完美的发型，就是好奇心大了点儿。

“那，今天孩子怎么办？您老公带吗？”

“不是，他陪客户打高尔夫去了，早晨五点就走了，回家……估计今天又得很晚才能回来。”

“那……”

“孩子交给妹妹了，我老公的妹妹。她家离我家不远，帮我带一天。”

沙保里挑着字眼尽量解释清楚。

“您小姑子？”

“小姑子这种称呼，哈哈，感觉有点儿把人叫老了，可怜的姑娘，人家才二十二岁呢。”

“不管多大年龄，小姑子就是小姑子嘛。是不是很让人头疼？住的离您又近，那就更不用说了。我很多朋友都是一肚子苦水，说小姑子比婆婆还难缠。”

“没有的事儿，是她主动提出帮我带孩子的，不过也是为了赚点儿外快，她还笑着说‘上哪里找这么好的兼职啊’。而且，我孩子很亲他姑姑。”

“哦，是吗？”

话题终于告一段落，沙保里长舒一口气。与这个理发师聊天不能分神，在这种被半包围的状态下，被头顶上的声音追着问这问那，一不留神就容易失言，实际上她已经说了不少不该说的话。

然而，理发师又开了口。

“前几天我看电视上说最近很流行早教班。”

“嗯，好像是。”

“难道您家孩子也要参加选拔考试？”

“看情况吧。”

沙保里故意含糊其词，不想再进行这个话题。再说下去的话，还不知要被追问些什么，于是她拿起镜子前面的一本时尚杂志翻看起来。

啊！这一期……

沙保里抬起头看了一眼镜子，发现理发师正笑嘻嘻地看着自己，口型很容易分辨出来，说的是“我看过了哦”。

沙保里翻开杂志，看到有一页书角被特意折了起来。

理发师依然笑嘻嘻地看着她，嘴唇上下翻飞。

“已经四个月了吧。”

承受不住她热切的视线，沙保里只好开了口。

“嗯，上周去医院检查了。”

“真的呀！恭喜，恭喜！”

理发师手中的吹风机猛地一抖，强劲的热风胡乱吹在沙保里的头皮上、脸上。

“我很喜欢这本杂志上您的专栏，最后您说要去买早孕试纸，当时我就猜想您是不是怀孕了。”

沙保里看了一眼有折角的这一页，果然是自己上个月写的一篇文章。

最近太忙，不知不觉就忽视了，直到今天才猛然想起例假一直没来，虽然一直有月经不调的老毛病，但还从未有过三个月不来例假的情况。不对，以前有过一次，是怀上儿子的时候。难道……难不成又怀孕了？必须赶紧去买早孕试纸测一下。

其实，这段是我瞎写的，当时已经知道自己怀孕了。而且，我是在医院做的检查，医生明确告诉我已经怀孕四周。此外，月经不调也是杜撰的，这样写是为了自然导入“早孕试纸”这个词。是的，你们猜得没错，这篇文章其实是给某厂家的早孕试纸做的广告。

沙保里翻到下一页，页面顶端赫然印着早孕试纸的广告。杂志社特意如此排版，上一页提到“早孕试纸”这个词，翻到下一页自然而然就看到了“早孕试纸”的广告。杂志社给我的稿费是八万日元，而“早孕试纸”这四个字就能让我赚到三十万日元。上周我已收到入账通知，下周就到我的户头上了。

区区十张四百字的稿纸就让我赚到了三十八万日元。不过，这是我第一次写这种产品推广文，要说一点抵触没有，那是假话。以前，我在文章中也提到过一些名品、名店，但那纯属自愿，而这次不同，这次是带有金钱利益的合作。看来以后得多接点这样的活儿了，毕竟将要养育两个孩子。

吹风机的嗡嗡声停了下来。

“好啦。”

理发师最后喷了些定型发胶，满意地笑了，那是一种看着自己的得意之作时发自内心的喜悦。沙保里看了看镜中的自己，也不由惊叹。

“哇，太美了，就像是时尚电视剧中的女主角。”

“那是您自身长得美呀。”

理发师解开沙保里身上的围布，笑着说。

“上哪儿去找这么漂亮的妈妈啊。这发型真适合您，太美了！”

“哎呀，哪有呀。”

“您在哪儿接受采访？”

“就在这附近的咖啡馆。不知道还下不下雨。”

雨，已经停了。

理发师送沙保里到门口，拿起毛刷刷掉沙保里肩头上的几丝碎发。

“不下了。您看，太阳都出来了。不过，感觉有点儿闷热。”

“今年，秋老虎又很厉害啊。”

“是啊，这都九月八号了，还这么热。”

+

南青山的咖啡馆内，强烈的阳光透过西窗照射进来，沙保里不由得眯起了眼睛，窗外本就不翠绿的梧桐枝叶在强光的照射下越发泛黄。

“您是怎么走上写作之路的？”

对面自称“山田”的记者单刀直入地进入了提问环节。他气色不好，邋里邋遢的胡子愈发显得他不是很健康。

“你是问开始写作的契机吗？”

这个问题不知被问起多少次了，也不知回答过多少遍了。沙保里端起冰红茶抿了一口，慢慢说道：“有了孩子后无法再继续工作，慢慢地，原本作为副业的写作就成主业了。”

“您以前是做什么工作的？”

这人搞什么？采访前一点准备工作都不做吗？大概是感受到了沙保里的怀疑和不悦，坐在山田旁边的小编辑慌里慌张掏出一个记事本，是大学生常用的那种大记事本。记事本中密密麻麻地记录着沙保里的相关资料，还贴满了大大小小关于她的剪报。这些应该是他自己总结、收集的吧，沙保里不由得多看了他一眼。很年轻，看上去像个大学生，气色也不是很好。沙保里瞥了一眼摆在桌角的名片，“大仓悟志”，只有名字，没有头衔。

山田手心微汗，微微颤抖的手指在记事本上游走。

“那，那个，您以前是电力机械公司的文职人员吧？”

“是的，当时我在总公司的广告部工作。”

“哦。”

山田轻轻点了点头，手指继续在记事本上滑动。

“蜂塚老师您……”

突然，他的手指停了下来，猛地抬头看了沙保里一眼，乱糟糟的胡子微微抖动。

“怎么啦？别紧张，什么都可以问。”

“好，好的。”

山田掩饰性地干咳两声，然后说：

“蜂塚老师，您父亲是那位著名表演艺术家？”

“是的，不过我是个私生女，我母亲是汤河源的一名艺妓，但是父亲并没有不承认我。这并不是什么秘密，你可以写在文章中，但请不要说出我父亲的名字，毕竟他已经过世了，而且我也不想给他妻子那边带来麻烦。”

“用M氏指代可以吗？”

“可以。”

我以为他会逮着这个问题不放，没想到他并没有对我父亲和我的出身表现出特别的猎奇心，而是继续往下翻着记事本。

“您丈夫是从事电视媒体工作的？”

“是的，他是一名制片人，因为工作关系我们打过几回交道……”

“然后您就怀孕了？”

山田的视线还落在记事本上，不经大脑的一句话脱口而出。沙保里脸色 僵，不得不承认，事实的确如此，但被外人如此直白地说出来，让她觉得很难堪。

没有等到回应，山田疑惑地抬起头来，看到沙保里的神色后瞬间意识到了自己的失言，赶紧转移了话题。

“结婚后，您依然继续工作，一直到生产才辞职吗？”

“是的，我当时正在负责一个项目，不能一结婚说不干就不干了。”

“所以才有了关于当代‘职业女性’题材的写作，而且您的这种责任心也充分体现在文章中，我想这就是老师您受欢迎的原因吧。”

山田自行得出这样的结论，然后接着问道：“孩子出生后，您就正式辞职了对吧？”

“嗯，本来还想着生完孩子后继续回去工作的，但孩子是个早产儿，一刻也不能离开照顾，因此我就不得不成了一个全职妈妈。”

“把您的这段经历写出来后，一定会引起很多有孩子的职业女性的共鸣。”

山田在记事本上飞快地书写着，同时还连连点头。看来这篇报道早已在他脑海中成形，今天的访谈不过是走个形式而已，看上去他对这种形式的工作已经驾轻就熟。是啊，如今各种期刊杂志如雨后春笋般出现，记者的采访时间甚至都要具体到几点几分，以往那种面对面放松、深入交流的场景再也看不到了。自从坐下来，山田就不停地看表，想必是还有下一个采访在等着他。

“回到刚才的话题，是什么促使您走上写作之路呢？”

“我在电力机械公司工作时，尝试向公司内部印发的报纸投了一篇稿子，没想到被一家女性杂志转载了，而且还有幸得到读者的好评，于是自此开始写起连载来。”

山田翻着记事本。

“您的文章真实再现了当今职业女性的生活和思想。欸？还出书了呢，是……”

“《事业与钻石》。”

“对，对，是这个名字。那么说……”山田别有深意地扯了一下嘴角，“您是在谐仿《灰烬与钻石》吧？您读过耶日·安杰耶夫斯基的小说？”

“小说没读过，电影看了。”

“欸？您竟然还知道安杰依·瓦依达。”

山田小声嘀咕了一句，语气中隐含轻蔑之意。

他突然抬起头，目光灼灼地看着沙保里，唇角含着一抹讥讽，像极了一个蓄意百般刁难的面试官。

“那么，对电影的最后一个镜头，您是怎么看的？就是反政府……抵抗组织成员被枪杀在垃圾场的那个画面。”

“据说那个镜头具有双重含义。”

听了沙保里的回答，山田眼中闪过一丝惊讶，身子放松地靠在椅背上，双臂环抱在胸前。

沙保里继续说：“当时的波兰不是自由资本主义，导演在拍摄电影时有意用最后一个画面寓意反政府武装组织的失败，这样不仅顺利通过了审查，还获得了当权政府的高度评价，被大力宣扬为批判反政府武装组织的杰出电影。但是，不管怎么说，这部电影从头至尾讲述的都是一个年轻的抵抗组织成员的故事，看到最后那个画面，观众的感情会不由自主地倾向那个年轻人，从而产生对当权政府的不满和批判。这一点，才是瓦依达导演的真正目的。”

“嗯……”

山田放开双臂，歪着头，端起咖啡喝了一口。视线再次回到记事本上时，又变成了一开始那个面无表情的记者。

“《事业与钻石》这本书，很畅销啊。”

“还行吧。”

“您就是凭借这本书打开知名度，大受欢迎的吧？”

“怎么说呢，我不知道自己算不算得上是畅销书作家，但自那之后来自各大期刊杂志的约稿的确越来越多了。”

“一边写作一边工作，兼顾两头是不是很辛苦？”

“还行，还能应付。”

“您和从事电视媒体工作的丈夫是怎么认识的？”

“欸？”

怎么又开始了丈夫的话题？这是必须要问的吗？

“因为您的婚姻和如今的生活都是职业女性羡慕、向往的嘛，您看，和年轻有为的电视人结婚，住在城市中心的高级公寓，养育孩子的同时还能有自己的一份事业。虽然最近流行丁克家庭，但是对女性来说，最理想的还是结婚……”

“啊！”

沙保里突然惊呼一声，抬手遮住了眼睛。

“怎么啦？”

“不好意思，眼睛被阳光刺了一下。”

“需要换个座位吗？”

“不用，没事儿。请继续。”

“那个……”

山田用手指抹了几把鼻翼两侧的细汗，再度回到刚才的话题。

“虽然丁克家庭日趋流行，但是我感觉职业女性最向往的还是在养育孩子的同时不放弃工作这种从容优雅的生活方式，所以……嗯……因此，我很想知道您是如何获得理想婚姻的，请您一定给我们讲讲您和您家先生的罗曼史。”

罗曼史？初识……

沙保里避开阳光，缓缓开口。

“为了宣传公司产品，我参加了一档电视节目。”

“啊！难道是那个ATB电视台的‘白领图鉴’节目？来自各家公司的白领们聚集在演播室进行各种竞猜、竞技活动。”

“对，就是那个节目。节目组邀请我们公司参加，公司就派广告部和总务部的女职员去了，当时的节目制片人就是我现在的丈夫。”

“原来是这样。二位连相遇都这么不同寻常啊。”

山田的手指继续在记事本上滑动。

“您家先生年龄比您小呢，结婚时您二十六岁，您家先生二十三岁。啊，您家先生工作第二年就走进婚姻殿堂了。”

“嗯，是的。”

“勇气可嘉啊，我都三十六岁了，还下不了结婚的决心。”

“是吗？”

“您家是个男孩儿吧？”

“是的。”

“今年……”

“四岁了。”

“您儿子可爱吗？”

“欸？”

怎么会这样问？沙保里感觉到手心慢慢渗出细汗，不由得握紧了拳头。

“啊，我没别的意思，只是觉得您在文章中很少提到孩子。”

“没有的事，最近我就写了关于孩子教育的问题，前天的报纸已经登出来了。”

“不好意思，我还没看到那篇文章。”

“还有上个月，杂志上刊登的文章也是关于兼顾育儿和工作的内容。”

“不……不好意思，不好意思，那个我也没……”

山田端起咖啡喝了一口，借此掩饰尴尬。

“我，我读过了。”

一道慌里慌张的声音适时插了进来，出自山田旁边的小编辑之口。只见他拼命挺直瘦长的身子，似乎急切地想证明什么。

“前天报纸上的那篇文章，我看过了。您说看到儿子对一个小女孩儿玩伴手中的可换装洋娃娃很感兴趣，对此您有点儿担心……”

“嗯，是的。”

“我小时候也很想要那种芭比娃娃，经常向邻居家的女孩子借来玩儿。”

“欸？”

“但是，上了小学自然就对那些没兴趣了，所以您不必担心。”

山田把咖啡杯放回底盘上，打断他的话。

“您和您家先生交往之前，和其他男性……”

“什么？”

“刚才您说‘现在的丈夫’，是不是意味着还有前……？”

“你误会了，我和丈夫都是初婚。”

“是吗？您在《事业与钻石》中写了和您家先生相识之前的一些事情，不露痕迹地提到了前……”

“不……好……意……思啦！”

一道尖细的女声打破了咖啡馆的静谧。一个披散着一头浓密爆炸卷儿的微胖女子边拿手帕擦汗边向这边小跑过来。

南川千鹤子，今年四十一岁，年长沙保里十岁，相当于沙保里的经纪人。她原本是一名自由集稿人，当初就是她将沙保里的文章集结成集，策划出版了《事业与钻石》一书，自那之后便承担了沙保里的对外联络工作。她的招牌动作是挤眉弄眼地说“不好意思啦”，表情像极了狮子狗。

“实在是不好意思啦，原本上午能完成的工作不太顺利，所以拖到了现在。”

千鹤子嘴上道着歉，脸上却没有丝毫歉意的表情，一屁股坐了下来，抬手招来服务员轻车熟路地点了一杯卡布奇诺，要了一块儿提拉米苏。

“这家的提拉米苏太好吃了。”

她的视线落到桌面上，奇怪地“咦”了一声。

“怎么没要提拉米苏呢？给你们也点上吧，真的，可好吃啦。”

“不用了，马上就结束。”

山田说着，给旁边的小编辑递了个眼色。小编辑会意地站起身来，双手摆弄着手中的单反相机，看上去似乎不太熟悉相机的构造和功能。沙保里调整了一下坐姿，侧身面对镜头，露出标志性的微笑。

“不用刻意摆姿势，刚才那种自然的状态就很好啊。”

小编辑笨拙地按下快门，语气中隐约带着些许不满。

“沙保里女士不喜欢你们所说的那种‘自然状态’。喂，你们可不能看我们好欺负，就故意选张丑照放上啊。”

“故意？”

小编辑苦笑了一下。

“对啊。选来选去，偏偏选一张随意抓拍的丑照，那不是故意是什么？”

“不会的。”

“有一次就被登了一张对焦模糊的照片，而且只露出了一半眼睛。很过分呢，对吧，沙保里？”

话题突然被抛到自己这里来，沙保里无奈笑了笑，轻轻点了点头。

“嗯，是的。”

千鹤子扬了扬下巴。

“喂，我说，你怎么回事？不会用相机吗？你们的摄影师没来吗？”

“不好意思，摄影师时间不凑巧。”

千鹤子翘着手指捏起桌上的名片。

“你家是个刚起步的小公司啊。真是的，在创办出版社的热潮中，传媒公司也如雨后春笋般一个一个冒出来，到底有几家能生存下去呢？那个，你们能写出像样的报道吗？”

“当然了。”

山田赌气似的应了一声，转身看向沙保里。

“我感觉您在电影方面也颇有造诣，这次有意涉及这一领域吗？”

“沙保里女士精通亚文化。”

“亚文化？比如说？”

“特异功能。”

听了千鹤子的回答，山田再次露出看傻子似的表情，毫不掩饰地嗤笑出声。

“特异功能？就是那什么，宜保爱子[1]啦、占卜前世啦，要不就是现今甚嚣尘上的生态灭绝论，满口保护森林、抵制砍伐，随身必定携带自己的筷子。哦，对了，还有那个什么，世界末日预言，鼓吹世界将要灭亡，

1　宜保爱子（1932—2003），日本作家、艺人，被称为“日本灵媒界的第一人”，曾出演过众多电视节目。自称自幼拥有强大的“灵力”而受到大众瞩目，但关于其能力真伪的争论也络绎不绝。——译者注

借此推销一些乱七八糟的东西，譬如诺亚方舟的船票之类……”

千鹤子没有理会他的嘲讽，一脸认真地说。

“沙保里女士确实能看到。”

“什么？”

“比如此时站在你身后的人，你的前世和来生……她统统都能看到。”

山田的眼中闪过一丝惊愕。

“沙保里，我说的没错吧，你能看得到……站在他身后的人正……”

+

“千鹤子，怎么回事？你怎么那样说话？”

刚坐上出租车，沙保里就对着千鹤子抱怨起来。

没错，千鹤子是个值得信赖的合作伙伴，但是有时又让人很抓狂，只要她一加入，现场的气氛瞬间就充满了火药味，今天尤其如此。

“你看那个胡须男，明显看不起你嘛。”千鹤子拔高音调辩解，接着又忿忿不平地说，“NO，NO，那种男人啊，是把全天下的女性都不放在眼里，只要女性做出点什么成绩，他必定会泼冷水，所以我才小小地吓唬吓唬他。哈哈，你看看他，看上去好像很了不起的似的，结果一听我说你‘能看到他的前世来生’，立马害怕了吧。爽！”

“话虽如此……呀，糟了！他一定会报复我，会故意丑化我的。”

沙保里心中一惊，生出新的不安。

他问“您儿子可爱吗”时，自己是怎么回答的来着？当时是什么样的表情？好像回答的是“很可爱”，同时摆出一副深情母亲的样子。不对，不对，好像不是这样……沙保里内心一阵慌乱。当听到那个问题时，自己脸上的表情是不是本能地愣住了？如果没能逃过那个男人的眼睛，说不定他会夸大其词，抹黑自己是一个性情凉薄的母亲，说不定还会把自己描绘成“新女性”形象，孩子交给别人带，自己出去逛街、美发，不回归家庭，坚持自己所谓的事业。完了，完了，肯定会这样，那个男人一看就没安什么好心。

“不用担心，我会认真审核稿子的，哪儿写的不好，我肯定要标出来，打回去让他们重写。”

千鹤子一副霸道大姐大的样子。

“他们连个专职的摄影师都没有，真让人上火。像他们这种不专业的传媒公司，用不了一年肯定得倒闭。你别看现在冒出一家又一家杂志社，也就一阵风，顶多赚个广告费。等着看吧，过不了几年，肯定迎来倒闭潮。”

千鹤子说的没错，在泡沫经济虚假繁荣的大形势下，一家又一家杂志社争相创刊，但终归不过是一个又一个泡沫而已，无论哪一家，寿命都长不了。

“话说回来，不愧是沙保里，真棒！”

“什么意思？”

“你对电影《灰烬与钻石》的见解，不是让那个胡须男惊叹不已吗？别看他那个样子，竟然不知道最后那个镜头具有那样的双重含义。”

“哦，你说那个啊……”

一个男人的脸浮现在眼前，那番解说不过是套用他的话而已。苦涩的记忆充满整个脑海，沙保里扯了扯嘴角，回到现实中来。

“你怎么知道？我们说到那个问题时，你不是还没来吗？”

“啊，这……”

千鹤子吐了一下舌头，这也是她的习惯动作。

“其实，当时我就在旁边的桌子旁坐着呢。因为不好打断采访，便在那儿等待露面的时机。”

“讨厌，明明就在旁边，为什么不早……”

千鹤子的行为时常让人琢磨不透，这也是不能百分之百信任她的原因。但是，人总归都有缺点，哪有十全十美的人。

“喂，我说，你当真没有看到？”

千鹤子靠近沙保里耳边压低了声音。

“你肯定看到了，对吧？站在胡须男身后的……”

“嗯，是吧。”

沙保里含糊地回应了一句。

她不确定。山田身后强光闪烁，像有无数只“眼睛”，不过那或许是西边投射过来的阳光造成的错觉，也可能是心理作用，也说不定是格式塔，曾经在一本书中看到过相关介绍，简单说就是我们在心不在焉以及没有引入反思的现象学状态时的知觉。比如我们正在与人交谈，突然就感觉自己的意识脱离了身体游离在缥缈中，眼前的世界如此渺小，一切事物都是微型的，各种各样的景象重重叠叠，就像那种利用多重曝光技术拍摄出来的影像。书中说每个人在幼儿期都会有这样的体验，其实就是知觉的混乱。的确，沙保里小时候经常会出现这样的知觉，只是与书中讲的略有不同，她能从那些交错的影像中看到一个人的未来，或者看到那个人深藏的秘密，就是因为这个原因，她小时候经常被看作是个小怪物。但是，随着年龄的增长，这种知觉越来越小、越来越弱，二十岁后就彻底丧失了。奇怪的是，怀孕时这种知觉功能又恢复了。一开始她以为是妊娠疲劳造成的幻觉，但是千鹤子却坚持认为“就是特异功能”。

千鹤子再次凑到沙保里耳边压低了嗓音。

“我相信你的能力哟。我的事，你不是看得很准吗？”

千鹤子说的是她与沙保里初次见面时的事，当时沙保里看到有什么东西盘绕在她脖颈上。而听了她的话的千鹤子，脸上一下子失去了血色。

“你，能看到？”脱口而出这句话后，千鹤子绷紧了嘴巴。

也就是从那时起，她对沙保里的态度来了个一百八十度大转变。在那之前，她似乎有点儿瞧不上沙保里，就像刚才那个胡子拉碴的小记者，看向沙保里的眼神里明显带着不屑，像是在说“不就是个坐办公室的无聊之余写点东西吗”……沙保里看着这样的千鹤子哭笑不得，突然好像听到从她身上传来动物的叫声，定睛一看，她的上半身氤氲着一团白色的轻雾，那团白雾盘绕在她的脖子上，就像戴了一条皮毛围脖。沙保里本来想装作什么也没看到，可千鹤子的嚣张态度越来越让人难以忍受，于是她就直截了当地说了出来，想借此杀杀千鹤子的威风。

“你脖子上有条狗。”

至于为什么说出“狗”这个动物，沙保里自己也不清楚，大概是受了前一天看的那场电影的影响。

听沙保里这样说，千鹤子表情僵住了，宛如京剧变脸一般，脸色瞬间变得煞白。接下来，千鹤子面对沙保里的态度那叫一个恭敬。

看到沙保里走神了，千鹤子轻声询问，语气中充满了担心和关切。

“喂，怎么啦？你没事儿吧？”

“没事儿。”

“真的？你可别硬撑啊，是怀孕的反应？”

“这次几乎没什么反应，和上次怀孕时一点都不一样，正常得不可思议，食欲也很好。”

“是吗，那可太好了。”

“可是……”

前挡玻璃上突然浮现出那个孩子的脸，沙保里猛地一哆嗦。

“怎么啦？”

“……没，没什么。”

沙保里努力眨着眼睛，想把眼前的幻觉拂去，可是那张脸紧紧贴在玻璃上，丝毫没有消失的迹象。那双眼睛，一眨不眨地盯着沙保里。

沙保里控制不住身体的颤抖。

“沙保里，真的不要紧吗？”

“嗯，没事儿，没事儿。”

撒谎！根本不是不要紧，而是那个孩子一直盯着我，眼中充满仇恨。

千鹤子担心地扭头看着她。

沙保里心中犹豫不决，要不要说出来呢？

那个孩子，太可怕了。儿子小骏……

+

那张脸第一次出现在眼前是怀上小骏的时候，不，准确地说，应该是那张脸浮现在眼前这件事预示沙保里怀孕了。

五年前十月份的一个深夜，单间公寓的三楼。

写完一篇文章，沙保里仰躺在床上，扭头看了看床头柜上的钟表，指针指向二时六分。

突然，眼前一片黑暗。停电了？沙保里想起身查看，却感觉到自己的四肢像是被绑在床上一样，一动也动不了。

“鬼压身”吗？

这倒不稀罕，沙保里小时候经常遇到这种情况。这时候也没什么好办法，只能等待。其实并不会发生什么可怕的事，只是身体动弹不得，喉咙发不出声音，只能在无边的沉寂中感受时间一分一秒过去，挨过那几分钟也就好了。

然而，那一夜却与以往不同。

床边的窗户传来奇怪的动静。

嘎吱嘎吱嘎吱。

嘎吱嘎吱嘎吱。

好像是爪子挠窗的声音。

什么东西？野猫吗？

要不就是流浪狗？

对了，最近很多人都说发现了流浪狗的尸体，提醒大家多加注意。

不，不可能！

这里是三楼啊，而且又没有阳台，它们怎么能上得来？

沙保里想起身去查个究竟，奈何身体一动也动不了，眼睛虽然瞪得大大的，却像是被蒙上了似的什么也看不到，唯有一重又一重黑暗如波浪般翻滚而来。

窗户好像被打开了。

不会吧？睡觉前明明锁上了。

然后，沙保里感觉有个东西扑到了自己身上，密密麻麻的毛发针扎似的刺着自己的肌肤，一股臭淤泥味儿扑面而来，掠过脸颊、嘴唇、脖颈……一路向下。

不，不要，住手！

然而，沙保里如同被施了麻醉，只能直挺挺地躺在床上，完全失去了反抗能力，就像一个任凭医生拿着手术刀切腹割肠却毫无反应的病人一样，一动不动地躺在那里。

住手，快住手！

沙保里在恐惧中坠入更深的黑暗。

耳边回荡着纷繁嘈杂的声音，身体完全失控，在地心引力的作用下飞速地下坠，无穷无尽，仿佛坠入了一个无底洞。

突然，沙保里看到了一张婴儿的脸，漂浮在黑暗的底部望着她。是个男孩儿。

“我，怀孕了。”

耳边响起的竟然是自己的声音。沙保里猛地睁开眼睛，映入视线的是熟悉的天花板和墙壁，秋日炫目的朝阳透窗而入，一室明亮。

梦？难道是个梦？

沙保里不由得抬起右手抚摸着小腹。

咚，咚，咚。

手心感受到一阵生命的悸动，千真万确。

这种感受抹去她心中的疑问。

怀孕了。

她确信。

第二天，午后的更衣室。

沙保里和同事奈绪躲在这里喝着罐装咖啡，这是她们每天下午三点的必修课。

沙保里说起自己的梦境，奈绪听了惊呼。

“哇，简直就是《罗斯玛丽的婴儿》的再现啊！”

“《罗斯玛丽的婴儿》？那部……被恶魔玷污，怀了孩子的电影？罗曼·波兰斯基执导的？”

“对，对，导演就是波兰斯基。记得小时候，经常在深夜剧场播放，我至少看过三四遍，最近不是又播放了吗？”

“嗯，你这么一说还真是。”

的确，在沙保里做噩梦的前几天，深夜剧场播放了《罗斯玛丽的婴儿》。

“看吧，沙保里，你的情绪很容易受外界的影响呢。”

“是……吗？没有别的，只是电影的原因？”

“其他的……哦，是不是因为睡眠不足？”

奈绪看了看沙保里双眼下面明显的黑眼圈。

“昨天晚上，你是不是又熬夜写作了？”

“恭喜你猜对了。”

沙保里调侃了一句。

“看吧，我就说嘛，电影的影响、睡眠不足，再加上熬夜写文时的感情投入，各种因素搅在一起导致你做了那个奇怪的梦。”

沙保里凑到奈绪耳边低声说。

“可是，我，我真的怀孕了。今天早晨来公司之前，我先去了趟医院，已经七周了。”

“真的假的？”

奈绪一脸惊愕，转而笑容满面地说。

“恭喜，恭喜？那……”奈绪也压低了声音悄声问道，“孩子的父亲是谁？还是那个人？”

沙保里停了一会儿，才点了点头。

“是的，是蜂塚。”

奈绪的表情僵了一下，嘴唇儿不可见地抽了抽。

看来，奈绪还喜欢着蜂塚啊。沙保里心想自己不能露出任何表情，那样反而会更伤奈绪的心，她装出一副什么都没看出来的样子，继续扮演一个神经大条的朋友角色。

“我们约好了今天见面，好紧张，怎么办呢？你说他听了这事儿，会是什么态度？”

“一定很高兴，说不定会立马求婚呢。”

奈绪微笑着，尽力让自己的语调听上去比较欢快。

“可是，他去年才刚大学毕业，只有二十三岁，工作都还应付不过来。唉，这事儿一定会让他很困扰。”

“不会，绝对不会，蜂塚那么喜欢你，一定会求婚的。”

他会像奈绪说的这样向我求婚的，沙保里坚信。因为早在一个月前，他状似无意地询问了自己的指围，一定是在暗暗准备求婚之事了。

但是，嘴上却没那么确定。

“会吗？”

沙保里想不明白自己为什么会有种隐隐的不安，这种不安又来自哪里。自己如此爱他，不止一次想象着嫁给他的样子，他一定也期待着娶她为妻。可是……

她的手不由自主地抚上了小腹。

咚，咚，咚。

仿若胎动传到了手心，沙保里却像受了惊吓般猛然撤回了手。

“你说是男孩儿，还是女孩儿呢？”

奈绪不像是询问，更像是自言自语。沙保里却脱口而出。

“男孩儿。”

“咦？七周就能看出性别了吗？”

“不能。”

沙保里自己否定了自己的回答。

是啊，那只是梦中的情景。

只是做梦啊。

那个梦……

“这样，你就能忘记了吧。”

奈绪的话将沙保里拉回现实，她看到奈绪掏出一支薄荷烟。

“什么忘记？”

奈绪手中的打火机窜出一股强势的火苗。

“那个男人啊。”

“我，已经忘了……”

“真的？”

“不想记起。”

“可是，上个月的文章中，你怎么还提到了他？”

“那是……”

那是苦于没有素材，迫不得已提到的，只是把他作为一个妄图把控女性的守旧男人代表，仅仅是想要描写一个自负、愚蠢的反面教材。

“难道你对他还情缘未了？”

“绝不是！”沙保里厉声否认，连她也被自己的激烈反应吓了一跳。她看了看周围，确认没什么人后，才又低声说道，“绝不是你说的那样。那个罪犯，我想都不愿意想起。”

“可是，你当初那么迷恋他，不管我怎么劝都不听。想想你自己是怎么说的，说什么‘能理解他的只有我’，甚至出事的时候，你竟然还跑去给他当那什么酌情减刑的证人！”

“那个时候……我有点儿犯傻了。”

奈绪把弄着手中权当烟灰缸的咖啡罐，嘲弄地说：

“只是有点儿犯傻？你知道你那叫什么吗？那就是心理学上讲的‘共同依赖症’！”

“共同依赖症……”

“是的。你不谙世事，甘愿对那种空有皮囊、傲慢自大的渣男奉献自己，并且沉醉其中。”

“不要这样说。”

“好，不说。”

奈绪吐出一口长长的烟雾，忍不住又开了口。

“一般来说，患上‘共同依赖症’的人是无法斩断孽缘的。”

“那个男人的事，我一点都不想记起，只要一想起就感到恶心，他就是个彻头彻尾的混蛋、变态，不仅对小孩子下手，说什么为了某种仪式，连动物也不放过，生生杀死了……真的，我根本不愿去想。”

是的，这是沙保里的真心话，对那个男人，她没有一丝留恋，只有深深的懊悔和憎恶，为曾经的自己感到深深的罪恶。

——被告人河上航一，判处有期徒刑七年。

当年审判长威严的宣判声给了沙保里当头一棒，眼前一片黑暗。

待她睁开眼时，首先听到了那个声音。

吧唧……吧唧……吧唧……

是那个男人发出来的，嘬手指头的声音。这是他情绪迷乱时的毛病。

然后，她看到了那个蓬头垢面的瘦小男人。

那个卑鄙无耻的罪犯，低垂着脑袋听着审判长的宣判。

沙保里无法接受自己竟然和这样的男人苟合，甚至还憧憬着要嫁给他的事实，逃也似的跑出了审判庭。

“一年啦。”

奈绪吸了一口烟，似是在自言自语。

“那家伙正在监狱里受苦呢，受尽了欺负，犯人们直接叫他‘变态恶魔’。”

“给我支烟。”

沙保里接过奈绪递过来的烟，深吸一口。

说起抽烟，也是受了那个男人的影响。

“能行？吸烟对肚子里的孩子不好吧？”

“最后一支，以后就不抽了。”

沙保里慢慢吐出一口烟雾。

透明的轻烟像深海里漂游的水母攀升在灰色的墙壁上，慢慢消散。

眼前的景象让沙保里再次想起梦中的情景。

那个婴儿的脸就在薄雾中若隐若现。一张像极了河上航一的脸。

沙保里猛地闭上双眼。

+

“沙保里！沙保里！”

感觉到自己的双肩被剧烈摇晃着，沙保里陡然回过神来。

眼前是千鹤子放大的脸，写满了担忧。

“你没事儿吧？脸色好差。”

“啊，不好意思，有点儿犯困了。”

“是的，怀孕后容易犯困。马上就到你家了。”

沙保里扭头看了看车窗外，发现已经到了西新宿的高层建筑一条街，刚竣工的政府大楼近在眼前。

“不管什么时候，税塔都是最亮眼的啊。”

“税塔？”

“哈哈，坊间的叫法啦，你不知道？意思就是用老百姓交的税盖的塔楼。”

“那是民众的嘲讽吧。不过，我喜欢那种风格，庄严肃穆，你不觉得很像巴黎圣母院吗？越看越迷人。”

“真服了你啦。”

千鹤子耸了耸肩。

“我们穷苦老百姓只会说风凉话，你骨子里是个大小姐，感性、率真，让人羡慕啊。”

大小姐，这是千鹤子形容沙保里的专用词语。一开始，沙保里还以为这是在挖苦她，后来发现其实不然，千鹤子是真心把她看作一个“大小姐”，而说到她自身时，挂在嘴边的就成了“我这种穷命”，却又让人感觉不像是单纯的自我贬低。她这话到底意味着什么呢？是自卑，还是……

千鹤子望着眼前的政府大楼感叹。

“没想到西新宿会发生这么大的变化。这里以前是净水厂。”

“什么？”

“欸？你不知道？”

“嗯，新宿的绿化不太好，我一直住在神奈川。”

“那你怎么来到了新宿，住在那栋公寓里？”

“机缘巧合吧。当初找房子的时候，恰好那栋公寓楼刚建好，出自名家之手，售价高达上亿，成为街头巷尾的热议焦点，各大报刊杂志争相对其大肆报道，想不注意都难，我一眼就被它与众不同的外观吸引，所以就……”

“这就是命啊。”

“命？”

千鹤子总是如此，不管什么事都轻飘飘地归结为一句“命”。这种敷衍消极的态度时常让人感觉不舒服。

从甲州街道拐到十二社大街，再左拐进入一条岔路，走不多远就是沙保里所住的公寓楼，她租住了九楼的一套房子，租金每月五十万日元。这栋公寓建于五年前，规模不是很大，十层的小高层，总计七十二户，外观是奢华的西洋风格，最引人注目的是那个英式大花园，充分诠释了开发商那句著名的宣传语“闹市中的英国乡村田园享受”，在专业园艺师的打理下，时时刻刻展露出最美的一面，现在正是娇媚的一串红、大丽花、蔷薇尽情绽放的时节。

千鹤子走下出租车又忍不住感叹。

“不管什么时候来，这栋公寓都是这么漂亮。如果说政府大楼是巴黎圣母院，那这里就是美景宫。”

“美景宫？维也纳的美景宫？”

“是啊。实际上，这栋公寓就是仿照美景宫建的吧。你看，它的名字不就是叫Belvedere・Parrot嘛。”

“嗯，说起公寓的名字……”

“中午好！”

一道男声打断了沙保里的话。这个中年男人是公寓的看门人，佩戴着写着“菅野”的胸牌，身穿类似英国高级酒店迎宾员的苔绿色制服，看上去怪怪的，感觉这种装扮还是有点儿不适合日本人。沙保里像往常一样，微微颔首轻声回应“你好”。千鹤子却像没看到他的存在一样，目不斜视地快步走进了公寓大门。

“外观看着是巴洛克风格，内里却像凡尔赛宫的镜廊一样。”

她一踏入铺满大理石的富丽堂皇的大堂，又忍不住驻足惊叹起来，夸张地将两手交叠按在胸口处，摆出一副刘姥姥进大观园的惊奇模样。

“啊啊啊，怎么能这么奢华呢！”

她都来了好多次了，却每次都会这样感叹一番。一开始，沙保里以为她是在讽刺挖苦，后来发现还真是她发自内心的赞叹。她夸张的表情惹得年轻的大堂管理员努力憋着笑。

确如千鹤子所说，这栋公寓不像住宅，倒像高级酒店，不管是装修还是服务都尽显奢华，无论是入口还是大堂管理处，均二十四小时不断人，甚至还配有搬运工。大门、门厅、大堂……一切都不亚于五星级酒店，不，可以说有过之而无不及。居室和公共休息室都是欧洲宫殿品质的，著名酒店的大厨在公共休息室的开放厨房里施展浑身解数，每天的饭菜都不重样，休息室旁边是个咖啡厅，在那里可以享受到正宗的下午茶。

如果说政府大楼是税塔，那这里就可以称得上是奢侈塔，房价高得出奇，最便宜的房子也得七千二百万日元，均价一亿两千万日元，最贵的高达两亿日元。即便如此，开盘仅仅两天竟然就全部售罄了，不过买主大部分都是以投资为目的的富豪，基本都把房子出租了。沙保里的房东就是一个这样的投资家。

两人走向电梯，千鹤子冷不防地问道：

“公寓的名字怎么了？你刚才想说什么来着？”

“这栋公寓，好像原本就是一座西式建筑。”

“欸？是吗？”

“其实就是我们现在说的高级日式料理店。”

“欸——”

“依子，就是我小姑子，前段时间告诉我的。依子喜欢看怪谈类的书，她就是大家口中的那种宅女，最近闷在家里写小说呢。”

“怪谈？《四谷怪谈》[1]啦，《牡丹灯笼》[2]啦，那样的小说吗？”

“嗯。据说西新宿这一带就是各种怪谈的发源地。”

“没错。我曾经听过一个故事，说住在西新宿的一个姓中野的老人，经常无缘无故杀害家里无辜的男用人，结果遭到了报应，他女儿变成了一条蛇。对了，我在熊野神社还看到过关于这个故事的记载。”

“熊野神社？就是那个……”

“对，就是十二社大街那边的那个神社，新宿的守护神。你刚才说什么，料理店？”

“嗯，依子说以前这里有个十二社池，周边料理店林立。”

“哦。”

“其中有一家叫‘鹦鹉楼’，是一座西式建筑，这栋公寓就是在它的旧址上建起来的，所以取名叫Belvedere・Parrot。Belvedere就是观景楼的意思，Parrot是鹦鹉的英文说法。”

“啊，难怪……”

“怎么了？”

“以前我打车过来时，出租车司机一听我报的地址，张口就说‘你是去鹦鹉楼啊’。”

“这一带的老居民直到现在还是习惯把这里叫作‘鹦鹉楼’。我也亲

1　《四谷怪谈》是由日本元禄时代（1688—1704）的真实事件改编而成的怪谈，是日本最著名、最具代表性的三大怪谈之一。故事以江户的四谷町为舞台，讲述了武士伊右卫门与阿岩之间的爱恨与怨念。曾被多次改编为电影、舞台剧、电视剧等，至今仍持续影响着日本的恐怖文化。——译者注

2　《牡丹灯笼》改编自中国明代文人瞿佑笔下的鬼怪小说《剪灯新话》中的《牡丹灯记》，与《四谷怪谈》《皿宅邸阿菊》号称日本三大怪谈之一。——译者注

耳听到过几次，很奇怪他们为什么会这样叫。”

“为什么是‘鹦鹉’呢？”

“是啊，等我什么时候问问依子吧。”

+

“你回来啦！”

沙保里刚打开门，小姑子依子就迎了上来。

“依子，谢谢你帮我看家、带孩子，帮了我大忙啦。”

儿子小骏颠颠地跟在依子身后。

沙保里对着儿子张开怀抱。

“小骏，有没有好好听话？”

小骏却一把抓住依子的裤腿不肯过来。沙保里脸色僵了僵，马上收回了手。

“打扰了。”千鹤子从沙保里身后探出头。

小骏也从依子身后露出小脸，奶声奶气地说：“Good evening。”

“呀，小骏都会用英语打招呼啦，真棒！”

小骏害羞地笑了笑，再次躲到依子裤腿后面。

“嫂子，你这个发型真漂亮，还是在常去的青山美发沙龙做的？”

听到依子的赞美，微笑爬上沙保里的嘴角。

“是的，还是那家。依子，你也去试试吧。”

“那里太贵了，剪剪再烫烫，得三万日元吧？”

“别担心钱的事，我给你出。”

“真的？唉，还是算了吧，反正我……”

依子挠了挠自己的短卷发，自嘲地撇了撇嘴角。

“我这样子，要是弄不好，别说时髦了，说不定得让人说是‘人妖’。”

“说的什么话，依子多可爱啊。”

沙保里嘴上这么说，其实心里也不得不承认依子说得一点都不夸张。作为一个女子来说，体格高大的依子确实显得过于壮硕了，肩膀宽得连垫肩都不需要。

“小骏听话吗？没闹腾吧？”

听到沙保里这样问，依子温柔地抚摸着小骏的小脑袋。

“没有，一点没闹，骏骏今天也是个听话的好孩子呢。”

“真的？你们今天都做什么了？”

“看电影啦。”

“电影？”

客厅的电视机前摆着几盘录像带，封皮上是一幅幅恐怖的画面。

“你们看的恐怖电影？小骏没有害怕？”

“一点儿也不怕，别说怕了，反倒看得津津有味。”

“是……吗？”

“他特别喜欢看美剧《双峰》[1]。”

1　《双峰》是1990年播出的美国系列电视剧，共两季，由大卫·林奇导演，凯尔·麦克拉克伦、梅晨·阿米克、劳拉·弗林·鲍尔等出演。该剧通过对少女劳拉之死一案的侦破过程，深刻剖析了人类的欲望和美国中产阶级的生活现状。——译者注

“这部片子最近好像很火啊。”

“是啊，太火了。不管什么时候、不管去哪家录像店，永远都是‘已出租’，昨天晚上我一直在店里守株待兔，功夫不负有心人，终于等到有人来还。”

“好看吗？”

“太太太有意思了！我已深深中毒。”

“最近，这种恐怖电视剧、恐怖电影很流行啊，还有那个《沉默的羔羊》[1]。”

“对，对，《沉默的羔羊》，我都看了三遍啦！杰作，绝对是杰作，安东尼·霍普金斯演技太棒了！嫂子，你看过了吗？”

“没看，总觉得太恐怖了。”

不知怎么回事，今年开始，电视剧、电影的风格一下子变了，异常人格题材的作品一部接一部。沙保里印象比较深的是，有次小骏无意中转到某个电视台，画面上出现了垃圾箱中散落的一块块碎尸，吓得她赶紧换了台。

桌子上摊着一些稿纸。

依子看到沙保里的视线落在那些稿纸上，慌忙开始收拾。

1　《沉默的羔羊》是一部改编自托马斯·哈里斯同名小说的惊悚电影，由乔纳森·戴米执导，朱迪·福斯特、安东尼·霍普金斯等人主演。该片讲述了实习特工克拉丽斯为了追寻杀人狂野牛比尔的线索，前往一所监狱访问精神病专家汉尼拔博士，汉尼拔给克拉丽斯提供了一些线索，最终克拉丽斯找到了野牛比尔，并将其击毙的故事。1991年该片在美国上映。1992年该片获得第64届奥斯卡奖最佳影片、最佳男演员、最佳女演员、最佳导演、最佳改编剧本5项奖项，此外还获得了第49届美国金球奖剧情类最佳影片、法国凯撒奖最佳外国电影等奖项。——译者注

“啊，不好意思，我马上收拾干净。”

“这是什么？写的小说吗？”

“不，啊，嗯……随便写着玩儿的。”

依子有点儿语无伦次。

千鹤子一屁股坐到沙发上。

“说到小说，我想起来件事。这附近，以前是不是有个池塘？”

依子边往包里塞稿纸边回答。

“是的，十二社池，很大的一个池塘，周边有很多料理店和茶室，热闹极了，还有很多艺妓，就是俗称的‘花街’。”

“其中有一家叫鹦鹉楼？这栋公寓就是在鹦鹉楼的原址上建起来的？”

“这个……”

依子语气一滞。

“说是料埋店，其实就是一家会员制高级会所，专供上流社会的绅士淑女集会，建在离十二社池稍远的高台上，是座西式建筑。原本是某大名[1]的郊外别墅，毁于关东大地震，后来就在旧址上建了一座巴洛克风格的西洋建筑。”

“为什么叫‘鹦鹉楼’呢？”

“据说是会所喂养了一只鹦鹉，这只鹦鹉嘴很巧，模仿人说话模仿得惟妙惟肖，后来周围的人索性就把会所称作‘鹦鹉楼’。”

1　大名是日本古时封建制度对领主的称呼。由“比较大的名主”一词转变而来，所谓名主就是某些土地或庄园的领主，而土地较多、较大的就是大名主，简称大名。——译者注

“这样啊，那……”

“战争中，这一带遭受空袭，鹦鹉楼竟然奇迹般地幸存下来，战后成了美军的办公用所，昭和三十年代被拍卖，某公司的社长竞拍到手后改成了酒店，没想到出了刑事案件，就此关门大吉，此后一直空置，成了人们口中的‘凶宅’。”

“凶宅？听上去好可怕。”千鹤子把靠过来的小骏抱在膝头，接着问道，“那只鹦鹉呢？死了？”

“鹦鹉的事倒是没人提起过，说不定还活着呢。”

“什么？”

“鹦鹉这种鸟，寿命很长的，所以那只鹦鹉或许还活着。”

千鹤子对依子的话一笑了之。

“怎么可能？你想，鹦鹉楼建成于昭和十七年吧，就算那时候那只鹦鹉才刚刚出生，这都已经过了五十五年了。”

“五十五年的话，有的鹦鹉品种确实能活这么久，比如那种葵花凤头鹦鹉，寿命足足有八十年呢。”

“八十年！能活这么久？”

“说不定那只鹦鹉目睹了那个事件的整个过程。”

“那个事件是……”

“发生在昭和三十七年十一月的杀人事件，三人被杀，但是凶手……不太明朗。”

“没找到凶手？”

“嗯，没留下相关记录。不，也不能说没留下，只能说不确定。”

“怎么回事？”

“或许凶手是法律上无法定罪的人。”

“你把我绕晕了，到底是怎么回事儿啊？”

“我也不知道该怎么说。比如说吧，凶手是精神异常的人，或者是不满十四岁的少年。”

“你们在说什么？不满十四岁？”

沙保里拿着茶壶、茶杯，还有点心走过来，疑惑地看着千鹤子和依子。

“我们在说鹦鹉呢。”

千鹤子捏起一块点心扔进嘴里，口齿不清地说：“鹦鹉能活八十年，你知道吗，沙保里？”

“什么？八十年！能活这么久？如果我现在养只鹦鹉，岂不是还要比它先离开这个世界？”

如果注意的话，能看到沙保里眼中有什么一闪而过，那是一片血红。她立刻捂住眼睛，手中的茶壶“咣当”一声砸落在桌子上。

依子慌忙抽出一张纸巾，关切地询问：“嫂子，你没事儿吧？”

沙保里连忙挤出一丝笑容。

“啊，不好意思，手滑了。那个，不管怎么说，这鹦鹉可不能凭一时冲动就去养。”

依子一边擦桌子一边回应。

“是啊，一旦养上就是一辈子的事。”

就着这个话题，大家又聊了二十多分钟。依子准备回家，开始收拾东西。在千鹤子膝上半睡半醒的小骏听到动静，蓦地挺起了身子。

沙保里看了看边柜上的座钟，快六点了。这个座钟是结婚时朋友送的贺礼，出自世界著名的丹麦皇家哥本哈根品牌。

“吃了晚饭再走吧。我们点比萨外卖，怎么样？”

“谢谢，不用了，妈妈做好晚饭等着我呢。”

“是吗？那你帮我给妈妈带个好。”

沙保里慢慢站起来，拉开边柜抽屉，拿出一个红包递给依子。

“今天照顾小骏，辛苦你啦。”

然而，还未等依子伸出手来，小骏一下把红包夺了过去。

“不可以这样，小骏，快还给姑姑！”

“讨厌，讨厌，不要姑姑回去！”

“小骏，不可以这样无理取闹！”

“讨厌，讨厌，讨——厌！”

小骏大喊着，紧紧抱住依子。

“讨厌，讨厌，讨厌。我喜欢姑姑！”

小骏泪汪汪地眨巴着眼睛，小肩膀一抖一抖，接着一阵奇怪的“吧唧吧唧”声响起。又是老一套，又开始嘬手指头了。

“小骏，不能这样，不能嘬手指。”

结果，沙保里越阻止，小骏嘬得越起劲儿。

吧唧、吧唧、吧唧……

“小骏！”

沙保里厉喝一声。突然，她的身体颤抖起来，眼看就要扬起的巴掌也收紧握了起来。

一道闪光再次隔绝了沙保里的视界，那是对面高耸的政府大楼的银色玻璃幕墙反射过来的橘红色夕阳。

沙保里感到眼底深处传来一阵难以名状的刺痛，疼得她当即蹲了下来。

千鹤子见状大惊。

“沙保里，怎么了？”

依子也不由得惊呼起来。

“嫂子！”

沙保里想回应却发不出声，阵阵强烈的耳鸣让她连头都抬不起来。

只有一个声音源源不断，一声强似一声地回响在耳边。

被告人河上航一，判处有期徒刑七年；被告人河上航一，判处有期徒刑七年；被告人河上航一……

但是，浮现在她脑海中，在法庭上低垂着头的那个人，这次却是小骏。

沙保里将额头抵在地板上，努力地想驱散脑海中的画面。

坠落。

意识在黑暗中飞速坠落，一直向下，向着深渊最深处。底部，又浮现出那张脸。沙保里浑身僵硬。

有什么东西触碰到沙保里紧绷的双肩。

她双眼微微睁开一条缝，一张脸赫然出现在眼前。

那时候的……那个罪犯的脸。

“啊——不要过来！”

沙保里用尽全力推开那张脸。

一声闷响传来，沙保里猛地抬起头。

她看到小骏一动不动地站在不远处呆呆地看着自己，鲜红的血顺着他的额角流下来。是磕到桌角上了吧？

“小骏！”

然而，小骏推开沙保里伸出的手，转身抱住了依子。

依子脸色苍白，将小骏紧紧搂在怀里。

“嫂子，要不今天让小骏跟我回去吧？”

这句话对现在的沙保里无疑是一根救命稻草，但是不行，小骏明天还要上幼儿园，不可不去。

“我家，那个……在高圆寺，离小骏的幼儿园也不远，我或者妈妈……”

依子送小骏去幼儿园？顶着一头乱糟糟的头发，脸不洗，妆也不化，穿着磨白的牛仔裤？婆婆去送？满不在乎地穿着低劣的假名牌，开着国产迷你车？不行，绝对不行！

沙保里腾地站起身来。

“谢谢，我没事儿，只是刚才起猛了，有点儿晕。来，小骏，过来，妈妈给你贴个创可贴。”

然而，小骏依然搂住依子不放手，看都不看沙保里。

“小骏！”

沙保里恼怒地拔高了音调，小骏这才像个通了电的电动玩具，慢慢地离开依子，机械地走了过来。

+

把小骏哄睡，沙保里走出儿童房，轻轻关上门，长吁一口气。

“终于睡了。”

沙保里看了看客厅里凌乱的桌子，吃剩的比萨、一口未动的沙拉、点心残渣、杯子里喝剩的苹果汁……

座钟的指针指向九时五分。

“辛苦了。”

千鹤子感慨地道了声辛苦，抽出一根香烟点燃。

依子六点多就回去了。沙保里点了比萨外卖，简单拌了个沙拉，正准备和千鹤子谈工作时，小骏突然哭闹起来，一个劲儿地哭喊着“我要去找依子姑姑，我要去找奶奶”。

给他点心不吃，最爱喝的苹果汁也不喝，玩具也不好使。小骏不停地哭喊，只在比萨送来时停了一下，但马上又切换回了哭闹模式。

千鹤子吐出一口烟雾。

“小骏好像进入逆反期了。”

“是啊，逆反期。”

沙保里拿起一块冷硬的比萨，这才想起从午饭后到现在自己还一口东西未吃，好不容易等来了比萨，结果光顾着哭闹个不停的小骏，也没来得及吃上一口。

逆反期。沙保里暗自叹气，真实情况可不像字面上这三个字这么简单。

“保育园怎么样？”

“什么？”

“别让他上幼儿园了，送去保育园怎么样？早早送过去，可以一直待到晚上再接回来，这样你就能拥有属于自己的时间了。”

说什么呢？保育园？费了多大劲儿才得以进入这家知名幼儿园，岂能再送到保育园去？这个人果然什么都不明白啊，自己不养育孩子才会说出这种不负责任的荒唐话，真是一点生活常识都没有。

沙保里只觉一股怒气从心底升起，堵在喉咙口，上不去下不来。

但是，她还是不动声色地回应说："说的是啊，不过，小骏后年就要上小学了，不上幼儿园怎么能行？"

"为了考试？"

千鹤子的语气中带有一丝讥讽。沙保里听着有点儿别扭，暗自嘀咕这语气怎么跟自家婆婆那么像。

她的语气不由得强硬起来。

"如今，哪有不想让孩子上私立小学的妈妈？儿童室的妈妈们都在考虑让孩子参加私立小学考试的事。"

"儿童室？"

"就是公寓三楼专供孩子们玩耍的地方，我经常带小骏去那里玩儿。"

"哦，是公共娱乐室啊。话说回来，你想让孩子接受更好的教育无可厚非，但是你明年不是要生了吗，负担不是加重了吗？"

"嗯，是不轻松。"

"工作要减少吗？"

"不，我没事儿，能撑得住。"

沙保里大力摇着头。

"幸运的是，这个孩子非常体谅我，一点都不让我受罪，不像怀小骏那时候，妊娠反应很严重，一直到生都没消停。这个孩子太安稳了，说不好听的，有时甚至都让人觉得担心，怎么就一点儿动静都没有呢？真是个好孩子，和小骏一点儿都不一样，我觉得一定是个女儿。嗯，对，肯定是个女孩儿，男孩儿真让人头疼，我再也不想要男……"

意识到憋在内心深处的话冲口而出，沙保里赶紧闭上了嘴。

“你？”

“啊，我是说妊娠反应不厉害，可以继续工作。”

“哈哈，你这么说我就放心了。实际上呢，现在还真有一个非常有趣的工作。”

“有趣的工作？”

“是个合作，你知道M美体美容中心吗？”

“当然知道了，不就是那个全国最大的美容院吗？”

“是的，他家呢，准备开展hypnotherapy。”

“欸？黑普脑塞……是什么？”

“简单说吧，就是催眠疗法，在美国非常流行。”

“催眠疗法……就是利用催眠术唤醒记忆吗？”

“是的。”

“一个美容院为什么要开展这种疗法？”

“他们提出一种新理念，说是要想获得真正的美，不仅要注重美容、瘦身这些外在的美化，还要注重内在，就是内心世界的净化。”

“好像还真有点儿意思。”

“是吧，我说得没错吧。他们的意思是想让你体验一下，然后写篇推广文。你觉得怎么样？”

“我？接受催眠术？”

“说是催眠术，其实没那么夸张啦，顶多就是消除积郁，让心灵得以放松。”

“是吗？那……”

沙保里看了一眼座钟，已经十点十五分了。

千鹤子跟着看了一眼，赶忙把手中的香烟摁灭在烟灰缸中，起身准备回家。

“啊，不知不觉都这么晚了。”

“这就回去了？还早呢，不如我们再喝点儿酒？”

“今天就算了，明天一早有碰头会，再说，你老公也快回来了。”

“他这个点儿还不回来的话，肯定得十二点以后了，你就再待会儿吧。”

“算了，还是回去吧。”

“要不，你今天住这儿？”

“沙保里，你怎么了？出什么事儿了？”

千鹤子看着沙保里，眼中的惊疑大于担心。

沙保里搓着微微汗湿的双手，内心纠结万分。

要说实话吗？要坦白内心真实的想法吗？承认自己很害怕，害怕和小骏独处？

她从雪茄盒里抽出一支薄荷烟，点燃。

“千鹤子，我希望你能说实话。”

她吐出一口烟雾，袅袅青烟中，两人的视线连在一起。

“怎么了？你在害怕？”

“你觉得小骏……是个好孩子吗？”

“欸？”

“你觉得小骏是个正常的孩子吗？”

“小骏很好啊，早早就不用尿不湿了，说话也早。你还记得他过两岁生日的时候吧，他竟然能说那么长的句子，还说得那么流畅，现在连英语都说得这么好。”

“那是他上英语培训班了。在班里，他是说得最好的。”

“就是嘛。”

“在考试培训班里，他也是第一名，每次都受到老师的表扬，老师说他记忆力特别好。”

“是吧。那你什么意思？是想说小骏骄傲自满？”

“不是，不是骄傲。那个……你，没觉得小骏哪里不正常吗？”

“非要说的话，小骏呢，就是脾气大点，小孩子嘛，都那样，俗话不是说‘小孩儿的脸六月天’吗，说变脸就变脸。其实，小孩子闹别扭也有自己的理由，只是我们大人没理解他们而已。”

吧唧、吧唧、吧唧……

奇怪的声音从儿童房里传来。

千鹤子疑惑地看向儿童房。

“什么声音？”

沙保里抬起身子，又颓然瘫坐下来。

“啊啊啊，又开始了。嘬手指头，又开始嘬手指头了。”

“小孩子啃手指不是很正常吗？不用管他，过段时间自然就好了，你越在乎、越管他，越促使他的注意力集中在那上面，越不利于改正。”

“不是，不是，你不知道，这孩子跟别人家的不一样，我都想带他去医院看看了。”

“如果你实在放心不下，去医院看看也无妨。不过，我还是觉得别太把小孩子啃手指的毛病当回事儿。”

“你好像很了解。”

“电视上讲过啊。你听，没声音了，不啃了吧？所以，顺其自然就好。”

你看，她又在说些不痛不痒的话，跟小骏待在一起的时间连一天都不到，就知道不咸不淡地说这说那，让她一年到头听着这样的声音试试，看她还说不说这种不负责任的话。

吧唧、吧唧、吧唧……

看吧，看吧，根本就没停止。

吧唧、吧唧、吧唧……

真的不用管，顺其自然就行？

不是开玩笑，如果放任不管的话，他一晚上都不会停。

吧唧、吧唧、吧唧……

吧唧、吧唧、吧唧……

够了，必须阻止他！

沙保里扯起毛巾被蒙上小骏的脸。

“你做这些是没用的！”

“我，谁的命令都不会听。”

“因为，我是人上人！”

闭嘴！

“妈妈，你要闷死我了！”

沙保里猛地回过神来，手上的力道一下子消散了。

小骏？是小骏？

沙保里双手颤抖，慢慢掀开蒙在那张脸上的毛巾被。

小骏？是小骏吗？

那张脸转向沙保里。

“我要杀了你，死女人！”

“沙保里，沙保里！”

感受到双肩被人猛烈地摇晃着，沙保里猛地抬起头来，烟灰落了一地。

“你怎么了，沙保里？”

眼前是千鹤子犹如特写的脸。

沙保里长吁一口气，借以平复急促起伏的胸膛。

又一次经历了那种幻觉。

她再次吐出一口郁气。

第一次出现这种幻觉是什么时候呢？或许就是在怀上小骏的刹那。总之，这种幻觉一天比一天鲜明具体。

不知道它到底什么时候会出现，或许是在情绪松懈时，或许是在茶香氤氲中慵懒微盹时，又或许是在面对惬意生活中的不和谐小插曲微感疲惫时……它便像一条毒蛇瞅准时机，“嗖”地从意识的断裂处钻了进来。

沙保里深深地吸气、呼气，再吸气、再呼气。

“千鹤子，你了解感应遗传吗？”

“感应遗传？”

+

我认识的人中，有一位荣登中央竞马会的马主。

虽然我对赛马不甚了解，但至少也知道必须经过相当严格的审查才能成为一个马主。首先是收入，年收入两千万日元以上，总资产达到一亿四千万以上才可以。

去年五月份，受这位朋友邀约，我得以在马主专用席位近距离观赏了东京优骏赛事，即日本德比。位于府中的东京赛马场因最近名声大噪的名驹小栗帽的参赛而拥挤不堪，竟然还有众多年轻女孩子，这是大叔美女专场吗？手拿赛马报和红笔的大叔们惨遭驱赶，失去了自己的座位，看着着实有点儿可怜。

我们冷眼看着普通观众席的混乱，走向马主专用座位区的大门。马主席位区规定穿礼服，我试了一套又一套，最终选定一条迪奥的连衣裙，其他人也都是盛装出席，宛如电影《窈窕淑女》中的赛马场景。

屏幕上的鼠标定格在最后一个“景”字后。

虽然离女性杂志的连载交稿日期还有一段时间，但沙保里决定今晚写完。

她实在不知道该如何打发时间，虽然一再挽留，千鹤子还是走了，丈夫还没回来，直接睡也不是不行，但这种情绪下肯定睡不安稳，而且肯定又要做噩梦。

她看了看座钟，马上十二点了。

沙保里嘴边叼着香烟，手指轻叩键盘。

这次连载专栏的主题是合作，内容不限，但编辑还是给出了“status”的命题。status就是社会地位的意思，甚至可以说是特权。听到这个命题时，沙保里一下子就想到了“马主”一词。因孩子上同一家幼儿园而经常聚会的家长妈妈中，有一个人的丈夫是个马主，她曾经邀请大家在马主专用座席观看赛马。沙保里就想着写写那件事，并没有刻意展开，却在敲击键盘的过程中，一个词语猛然闪现在脑海中，同时心中涌起一阵不快，所以昨夜就此“啪”地一下合上了电脑。

感应遗传。

是的，就是这个词语，当时她从马主们的交谈中第一次知道了这样一个词。

沙保里再次在键盘上敲击起来。

马主专用休息室内，那位夫人转动着手上的卡地亚三位一体戒指，状似随意地懒懒问道：“大家知道什么是感应遗传吗？”

这句话成功吸引了一屋子的绅士淑女，大家热切地看着她，等着她继续说下去。

“感应遗传就是先前交配的父兽的特性能够遗传给同一母兽与其他公兽交配所生的后代，也就是说一匹母马一旦与杂种马交配，哪怕只有一次，之后再与血统纯正的公马交配生下的小马，严格来讲不能算是纯血马。这是畜牧界从一百多年前就开始信奉的理论。”

一个身穿阿玛尼高定西服、年约四十岁的中年男子半开玩笑地接下话来。

“照这个说法，要是老婆不是处女，难不成生的孩子还会遗传原来男人的特性？”

听了这话，在场的淑女们神色各异，脸上挤出不自然的笑容。

一个身穿香奈儿最新款套装的时尚女子轻蔑一笑。

“这是在鼓吹处女信仰，无稽之谈，绝对没有科学依据，就是迷信。”

“是啊，是啊。”

附和声一片。

然而，手戴卡地亚戒指的那位夫人再度懒懒开了口。

“未必就是迷信呀！那个……”

沙保里敲击键盘的手指停了下来。

吧唧、吧唧、吧唧……

吧唧、吧唧、吧唧……

又——来——了！

沙保里拿起耳塞塞上耳朵。

脑海中浮现出当时马主休息室内的场景。

香奈儿女反驳了卡地亚女的解说后，卡地亚女不慌不忙地举了几个实例……

吧唧、吧唧、吧唧……

吧唧、吧唧、吧唧……

小骏，或许就遗传了那个罪犯的某些特性。

不，不是或许，是太像、太像了。

首先就是这嘬手指头的毛病。那个男的就是这样，经常嘬着手指头，发出怪异的声音。还有聪明的头脑。不能不承认，那个男人也是绝顶聪明。更可怕的是长相。小骏越长越像那个男人，没有一点像他爸爸的地方。丈夫是不是也意识到了这一点？沙保里感觉他对小骏不太上心，没有那种父亲对儿子无私的爱，好像只是在履行作为父亲的最低限度的义务。

但是，小骏毫无疑问绝对是丈夫的孩子。因为怀小骏的时候，那个男人已经进了监狱。

是的，小骏是丈夫的孩子，和那个男人半点儿关系都没有！

沙保里再度抬起手，在键盘上快速敲击起来。

四年前的五月三十一日，东京优骏开赛的日子，我的儿子出生了。儿子的爷爷买的马票中了奖，心情极好，提议借着这个盛事给儿子取名叫“骏”。本以为他是在开玩笑，没想到丈夫、婆婆、小姑子都赞成，只有我自己表示反对，心里暗自腹诽：就这么突发奇想，随意就定下来了？就不再考虑考虑了吗？结果，少数服从多数，最终还是顺了他们的意叫了这个名字，但是我一直感觉别扭。

不过，如今每次叫出“骏”这个名字，我就会回忆起那个五月的蓝天白云，努力让自己放松下来，同时细细品味身为母亲的喜悦。

别无选择，因为我是母亲。

＋

母亲？你说出这个词，不觉得可笑吗？

你从未想过我受的苦，就连分娩时，也固执地认为受苦的只有你自己。

你知道我为了穿过你那狭窄的产道受了多大的憋闷和痛苦吗？你知道

我在你的子宫内，有多少次想用脐带勒死自己吗？

在我被泡在羊水中的那一刻，已经动了杀你的心思。让我起杀意的不是别人，就是你自身。我为了杀死你，才坚持穿过你那令人窒息的产道，在我降临到这个世上的那一瞬间，这种杀意就开始膨胀，膨胀的极点必然是你死在我手中的那一刻。

膨胀、膨胀……啊啊啊，根本停不下来。我被扔进一个肮脏的世界，身体发热发臭，越来越让人难以忍受，救命！

我已无法继续忍耐下去，绝不原谅把我禁锢在这种地方的臭婆娘。

杀了你。

我要杀了你！

+

什么？这是写的什么？

那个孩子，要杀我？

沙保里惊恐地盯着键盘上自己的手指，那根手指停留在控制键上，液晶显示屏发出幽幽的蓝光。

她推开键盘，拿起一支香烟。

吧唧、吧唧、吧唧……

吧唧、吧唧、吧唧……

隔壁房间持续传来小骏发出的怪异声。

吧唧、吧唧、吧唧……

吧唧、吧唧、吧唧……

小骏，住手吧，求你了，快住手吧!

7

吧唧、吧唧、吧唧……

吧唧、吧唧、吧唧……

“欸？”

中野坂上附近的一家录像带租赁店里，蜂塚依子从架子上抽出一套录像带，突然一阵诡异的声响引起了她的注意，她疑惑地回过头。

店里并没有其他顾客，只有收银大叔靠着收银台翻着本杂志。

她看了看表，已经十一点多了。

傍晚六点多，蜂塚依子回到高圆寺的自己家，坐卧难安，心里怎么也放不下《双峰》的后续剧情，便决定去录像店碰碰运气。

然而，毫不意外地，附近录像店里的《双峰》全都租出去了，可她依然不死心，挨个店面寻找，不知不觉中竟然来到了中野坂上。

倒也不虚此行，她终于寻觅到了心心念念的《双峰》。

听到有人走过来，头发灰白的收银大叔慌忙合上杂志。

“欢迎光临。”

依子不经意瞥了一眼杂志封面，是那种男性周刊杂志。她不动声色地看了看大叔胸前的工作牌，上面写着“河上”。

“您是第一次来吗？”

“欸？啊，是的。”

“不好意思，请出示一下您的身份证件。”

“好的。”

终于办完了一系列手续。

“蜂……塚小姐？”

“有问题？”

“没有，没有，不好意思，因为这个姓不常见，而我恰巧也认识一个姓蜂塚的人。”

“是吗？那说不定还是我的亲戚呢。”

“不过，我说的这个人是结婚后改的夫姓。”

“这样啊。”

“你觉得凶手是谁？”

“什么？”

大叔一边把包装好的录像带递给依子一边解释。

“哦，我是说杀害劳拉·帕尔默的凶手。”

“你是说《双峰》啊？”

依子接过袋子，嘴角扯出一抹意味不明的笑意。

“这个嘛，我一点儿头绪都没有。”

“我也是。啊，播了！”

一段老旧却又熟悉的音乐响起。

听上去既有摇滚又有民谣、歌谣的韵味，大概是昭和四十年代流行的歌曲。

“这是我在有线广播台点播的。”

大叔声音低沉。

“满满的都是回忆啊。”

阻止、谩骂

挡不住靠近你的心

明知是一场错爱

却义无反顾、一往无前

爱你、爱你、爱你

爱到恨不能杀了你

+

“真是的，这是什么玩意儿！”

依子刚洗完澡出来，就看见母亲京子愤愤地把一本杂志甩在了餐桌上。是本男性杂志。咦？不就是当时录像店的大叔看的那本吗？

“妈，你还看这种杂志？”

依子拿了瓶水坐下来，奇怪地看着母亲。

“那个人又在这上面开始连载了，你不知道？”

“欸？是吗？”

依子拿起杂志。

大概是被翻阅过多次，印有连载的书页微微卷曲，她随手一翻，恰好就是那页。

“嫂子真厉害啊！这已经是在第六本杂志上开连载了。”

“依子，今天你去那个人那儿，就没听她说起这篇文章的事儿？”

“哎呀，我不知道。那么多连载，再说，嫂子怎么可能一一向我汇报，我也不会特意问她这事儿啊。”

依子快速浏览了一遍。

原来如此，她马上明白母亲为何情绪如此激动了，因为文章的主题是婆媳关系。嫂子应该是意识到该杂志主要面向男性读者群，所以字里行间虽不是太明显，但还是能看出拉拢男人阵营的意图。也就是说，通篇文章并没有直接控诉婆婆的种种不公，而是检讨自己作为儿媳的各种不周，却越发让人感受到婆婆的无知和糊涂。

我把香奈儿的钱包送给婆婆了。

因为老公给我买了个新的，爱马仕的情侣款。老公察觉到我想买但又不好意思这么快就换新的，便偷偷买下来作为结婚纪念日礼物送给了我。问题来了，正用着的香奈儿钱包买了还不到一年，两个钱包也没必要。就在不知如何是好时，脑海中突然闪现出婆婆的身影，她用的是LV钱包，据说是在上野的地摊儿上买的，明摆着是冒牌货。

一方面，我对无良商贩向不解内幕的善良市民兜售假货的恶劣行径感到愤慨，另一方面，看到婆婆对一个仿冒品爱护有加、满心欢喜的样子，又觉得她挺可怜，结果戳穿事实的话就怎么也说不出口。可是，每次看到那个钱包又觉得碍眼、心堵，心想必须告诉她这是假货，却一直找不到合适的时机和办法。

对了！把香奈儿的钱包给她不就行了？

心动不如行动，我立即去了她那儿。

婆婆看着递到眼前的钱包，一脸莫名其妙。

“我有钱包呀。”

边说边爱惜地抚摸着她的LV。在她眼里，LV才是名牌，那两个交织的字母才是名牌的象征，除此之外，哪怕是再大牌的东西，她既不认识，也入不了她老人家的眼。

婆婆毫不在意地拿起香奈儿钱包翻来倒去，就像是在摆弄一根萝卜。

“这是哪家厂子的货？”

“这可不是哪家厂子，是‘香奈儿’的。”

“香奈儿？就是那个把脸涂得跟黑炭似的的歌唱组合？”

果然，婆婆脑子里的香奈儿不是可可·香奈儿，而是香奈儿兹（Rats&Star）组合。

“你这说的哪儿跟哪儿呀，香奈儿可是个高级奢侈品牌，名人都爱用的。这个小小的钱包，就得八万日元。”

“什么？八万！”

婆婆的脸色一下子变了。虽说不知道她买那个假LV到底花了多少钱，但是估计八万日元至少能买十个有余。

知道手里钱包的价格后，婆婆的态度来了个一百八十度大转变。就在刚才还被随意捏来捏去的香奈儿钱包，此刻被她小心翼翼地捧在了手心里。

“哎呀呀，你看看，不愧是八万日元的东西。”

婆婆仔细查看着手中的钱包，不放过任何一个边角，接下来便开始了各种花式夸奖，皮革上乘啦、设计精美啦、一看就实用啦……不过，每一句都是第一次展示她的LV时的原话。

“这么贵重，我收下不好吧？”

“请一定收下。”

看着笑容满面的婆婆，我心中的石头终于落了地。圆满！这下终于不用再看到那个碍眼的假LV了，也不用再忍受无法讲出真话的罪恶感的折磨了。

婆婆的笑容发自内心，没有一丝介意。

看着这样的笑容，我不禁感慨颇多。

母亲对名牌不感兴趣，我又没有兄弟姐妹，所以我没有可以毫不顾忌地把自己用过的东西送给对方的至亲。送给朋友？万万不可。若真这么干了，友谊的小船定是说翻就翻。就算是送给后辈，女生之间转手二手名牌也是大忌。思来想去，能送的只有家人了。

正因为如此，婆婆的笑容让我深感心安。

“真不像话！拿我当傻子耍呢！”

京子拍着桌子叫嚷。

“妈，妈，别拍了，不然隔壁又要咚咚咚敲墙了。”

建于二十五年前的这栋老楼，隔音效果极差，白天倒还好，一到晚上，隔壁的各种声音听得格外清楚。前几天，隔壁邻居通过公寓管理员已经委婉地提醒过了，但京子还是控制不住自己，不知何时突然就会爆发情绪，昨天邻居狠狠敲了几下墙壁以示抗议。

京子这种情绪上的失控，始于儿子祥雄结婚，也就是沙保里成为她的儿媳之后。

一直以来，京子性格温顺，遇事能忍则忍，导致学校活动以及居委会的麻烦事最终都会落到她头上。当年沙保里未婚先孕，结婚提上日程时，丈夫明确反对，而京子并没有公开发表任何意见，甚至还说了句“我觉得首先要考虑即将成为母亲的沙保里的感受”。

儿子结婚以后，京子对儿媳沙保里也很尊重。

依子曾经分析过母亲的种种表现，认为一切都是出于她的自卑心理。

京子出身于九州的农村，没有任何社会经验，通过相亲走进婚姻。因为丈夫在东京工作，婚后随之来到了这个国际化大都市，却怎么也改不掉一口浓重的家乡口音。对她来说，东京就是让她自卑的症结所在。在依子的记忆里，体格高大的母亲永远都是缩着身子，努力避开人们的视线，轻声轻脚地走路。

所以，一开始她在儿媳面前也有点儿抬不起头来。

毕竟沙保里从小在城市里长大，还是在大型机电公司工作的职业女性，更何况还顶着一个“人气作家”的名头。无论把哪一项挑出来，都是京子难以想象的光辉形象，而且沙保里的父亲是一位家喻户晓的知名演员，虽然已经过世。即便她是个私生女，但是对京子这种家庭来说，依然如同下嫁的公主一般。

所以，京子一直都在扮演一个看儿媳脸色行事的婆婆的角色。也正因如此，京子成了沙保里信手拈来的创作素材，文章中的婆婆无一不是土气、愚钝、缺乏常识的邋遢形象。但就算这样，京子也没有抱怨过一句。

然而，一封信让京子对沙保里的态度急转直下。两年前，她收到一封打印的匿名信，开头便是“向您揭露关于蜂塚沙保里的惊天真相”。

信里提到沙保里之前交往过一个男人，并且已经和那个男人订婚，但那个男人因强奸罪被逮捕了。沙保里为了给他争取减刑，竟然还出庭做证，但那个男人最终还是被判了刑。信里还提到沙保里打掉了她和那个男人的孩子。

信中虽然还讲到了沙保里的其他各种社会关系，但最让京子耿耿于怀的还是自己的儿媳曾经和强奸犯交往过，并且还打掉了他的孩子。京子本来就有点儿精神洁癖，盛怒之下一改先前隐忍怯懦的性格。

从收到那封信之后，京子便开始称呼沙保里为“那个人”了，并且逮着机会就对她极尽嘲讽。

“说到底不过是个私生女，艺妓的种儿，成天就知道瞎写，不知羞耻、满不在乎地把家丑外扬。”

京子一把夺过依子手中的杂志，“砰砰”拍打着桌面。

“祥雄也是个没出息的，怎么就对那种女人鬼迷心窍了，明明……”

哥哥祥雄结婚是早了点。他当年如愿进入了理想的传媒公司，第二年就把怀孕的沙保里领回了家，很快就结婚了。

“她怀孕的事儿，你不觉得蹊跷？谁知道孩子到底是不是祥雄的？”

“妈！”

依子抗议地高喊一声，从母亲手里夺回杂志。

“刚才那种话可不能乱说，记住啊，尤其是在小骏面前，绝对不能提！”

“你还真疼小骏。”

“你不也是？那可是你的宝贝大孙子。”

“可是，你说那孩子怎么一点儿不像你哥。我还是觉得有问题，你想，结婚之前那个人和好几个男人交往过，你哥肯定是被骗了。她可是艺妓生的，最会对男人耍花招儿了。你看把你哥迷得就知道围着她转，离家这么近，也不知道回来看看。唉！我肠子都悔青了，如果时光能倒流，当初我绝对不会让那种女人进咱家门儿！”

“就算那样，我哥还是会和沙保里结婚的。”

“不可能！你哥之前不是有个女朋友吗？有一回还来咱家了。”

“那个……”

依子依稀记得有这么回事儿，那个女孩儿好像是嫂子的前同事。

“什么呀，那是我哥喝多了，人家好心打车把他送回来而已。”

“不是吧？当时我一眼就看出来了，她和你哥关系可不一般，要是和她结了婚，你哥肯定比现在过得幸福。”

“哥哥现在过得多好啊。”

光靠哥哥一个人的工资，想都别想能住上那样的豪宅。虽说是电视工作者，不过才工作七年，凭他的工资根本付不起每月五十万日元的房租。开的车还是法拉利。而且，“人气作家的丈夫”这一名号也让他在公司里腰杆挺得笔直，出人头地的机会也多。依子想不出虚荣心强、好面子的哥哥对现在的生活能有什么不满。

“妈，虽然你一直耿耿于怀嫂子有个罪犯前男友，但这和她有什么关系？我觉得你不该把什么都怪罪到嫂子头上。”

“好啊，你看看，连你也被那个人迷得五迷三道的。你都不想想，你不是也让她在文章里揉圆搓扁？”

听到这句话，依子的表情微微一僵。

母亲说的没错，她也多次出现在了沙保里的文章中，目前为止，倒没有像母亲那样被贬得一无是处，但也并没有什么赞美之词，她的定位是一个体格高大、没有女人味儿的恐怖作品狂热爱好者。

+

无印良品的人气实在是高，听说要在伦敦开分店了。我家厨房、客厅里随处可见它家的东西。无印良品的设计适用任何场合、任何场景，自然地融为一体。在现今追求华美、功能多多益善的商品时代，无印良品还能保持这份简朴得算是一个奇迹了。它没有泯然于众，始终坚守个性，而且非常人性化。

小姑子就是无印良品风格的一个女孩儿。

回到自己房间，依子翻出三个月前的一本时尚杂志，里面有一篇沙保里写的关于她的文章，她已经看过好多遍。这些应该算是赞美吧？

依子再次认真阅读起这篇文章来。

小姑子人非常好，真实、真诚、富有正义感。可是这个社会常常嫌恶真正的正义，小姑子的青春因此而充满苦涩。高中时遭受到心术不正、轻浮浅薄的同学严重伤害，导致她不再相信任何人。小姑子的本心只是不想让同学们做坏事而已。比如有同学为了追求刺激，玩心大起去偷商店里的小东西。在小姑子眼里这是不可饶恕的，于是就去告发了，结果遭到那些人惨无人道的欺凌，不得不中途退学，自那之后，她便将自己彻底封闭起来。我倒觉得这样对她未尝不是好事。因为，这个世界看似一片盛世祥和，不过是虚假表象而已，这样的时代不会长久，虚假被剥去的那一天才是小姑子这种善良正直之人的出头之日，在此之前，不如养精蓄锐静待破茧成蝶的时刻。

属于她的虽无印但良品为先的时代很快就会到来。

这是赞美，还是丑化？依子一时也难以确定。不，一定是赞美吧，或者应该说是“捧杀”。

不过，这也不算是什么大问题。

小姑子品性纯良，但并不是一个传统意义上的淑女。她个性鲜明，是一个狂热的恐怖作品爱好者，几乎把古今中外的恐怖电影、恐怖小说全都收入囊中，相关知识无人匹敌。哪怕是没有任何恐怖因素的话题，在她的口中笔下也瞬间充满恐怖气息。

我上中学时，班里有个跟她类似的女同学。每当几个女孩子兴高采烈地聚在一起叽叽喳喳聊天时，她必定会来上一句“啊，快看，那边是什么”，瞬间打断话题，转移了大家的注意力。班里还有一个所谓的灵感少女。其实，她们并不是真的看到了什么，只是想引起大家的注意而已，那么最快捷有效的方式自然是那些幽灵、占卜之类的神秘话题了。比如我刚才提到的那位女同学，她学习特别好，但不善辞令，却能仅用一句“啊，那边有什么东西！”让自己瞬间成为全场瞩目的焦点。我很讨厌她这种作为，甚至很鄙视她，明明什么都看不到，却装出一副“看见”的表情和样子，真是罪大恶极。

“这不就是说的嫂子她自己吗？”

依子有点儿体会到了母亲的那种怒气，“砰”地把杂志扔在床头柜上。

是的，自己确实忘乎所以地讲过恐怖电影的话题，可从来没提过什么灵感啦、看到什么啦之类的事。再说了，自己也不具备什么灵感。

反倒是嫂子，总是在大家谈兴正浓时，突然小声地惊叹一声，就像太宰治在《斜阳》的开头描写母亲那样。每当这时，南川千鹤子必然会适时地跟上一句“怎么啦”，接下来，嫂子意味深长的视线飘忽不定，然后千鹤子会意地发出一连串的疑问“你是看到什么了吗？一定是的，对吧，沙保里？你看到了什么”。这样一来，整个会谈便完全变成了她们两个人的舞台。虽然嫂子通常是恍惚地摇着头说“没，什么都没有”，但在场的每个人完全被她的视线勾起了强烈的好奇心，于是她自然而然成了全场的中心。

“想不到嫂子的手段这么高明啊。”

依子在床边坐下来。

“她呀，与生俱来的女王心性，一旦全场的焦点不在自己身上就意难平。”

其实，最可恶的是那个南川千鹤子，她就是个不折不扣的跟屁虫，就是因为她的鼓动和怂恿，嫂子才越来越膨胀。

这么一想，依子立时感觉心中的怒气消散不少，她重新拿起扔在床头柜上的杂志。

小姑子确实是个好女孩儿，但目前还是一块未经雕琢的璞玉，经历一番磨砺后，我相信她一定能成为一颗闪闪发光的绿宝石，成长为名副其实的淑女。

绿宝石啊……不是钻石呢。

璞玉？嫂子说的“璞玉”是处女的意思吧？也就是说在她心目中，我是个未经人事的女孩儿。

依子深深叹了口气，像是要给自己强调什么似的自言自语起来。

“是啊，说的没错啊。不过，虽说真实才能打动读者的心，但是最近嫂子有点儿过于直白了。自家人还好说，不会太计较，外人肯定不能容忍。或许嫂子已经招了很多人的记恨。”

她从报刊架上抽出另外一本杂志，这是一本从学生到白领都爱不释手的时尚杂志。这上面也刊登了嫂子的文章，写的是小骏幼儿园的家长妈妈们的故事，其中对一位妈妈的描述，说实话有点儿过分。

“文中提到的那些人看到这篇文章会是什么感受？或者说，嫂子写作时有没有考虑到那些人的感受呢？”

应该是没有吧。

话说回来，或许这就是嫂子的魅力所在。

嫂子自带光环，走到哪里都是众人瞩目的焦点，一出生就含着金汤匙，无论容貌还是学历都远在哥哥之上，在自惭形秽的哥哥眼里，嫂子无疑就是一朵可望不可即的高岭之花，可想而知哥哥有多么迷恋她。

记得哥哥第一次把沙保里带回家时，比他当年考上大学，甚至比拿到入职通知书时都得意。

随后大声宣告“我，要当爸爸啦”时的哥哥又是何等骄傲，恰似登上了人生巅峰一般。

“小骏，到底像谁呢？”

依子觉得小骏的脸型与哥哥有几分相似，母亲却说一点都不像。

但小骏的性格与哥哥完全不同。

首先，哥哥没有那么聪明优秀，高中和大学的第一志愿都落榜了，最终好不容易上了三流高中和大学。

而小骏那孩子太聪明了，接受知识的能力以及思想和表达都让人震惊。与其说是依子照顾他，倒不如说依子从他身上学了很多。

那孩子到底像谁呢？

像沙保里？不，绝对不像。嫂子虽然以文化人自居，但并没有多聪慧，跟哥哥半斤八两，不过是普普通通的平庸之辈。

“小骏到底像谁呢？”

依子忍不住又自问了一遍，伸手打开了收音机。

一首怀旧乐曲响起。

旋律舒缓，当入眠曲再合适不过。

依子感觉眼睑渐重，慢慢沉入梦乡。

8

阻止、谩骂

挡不住靠近你的心

明知是一场错爱

却义无反顾、一往无前

爱你、爱你、爱你

爱到恨不能杀了你

“啊，好怀念呢，米尔斯的歌！”

家长妈妈们去西餐厅的途中，路过赌博机店时，佐佐木猛地停了下来。

沙保里也停在了原地，双腿发软，身体不由得微微发颤。

不想听到这首歌。如果可以，只想赶快逃离此地。

不愿想起那个男人。

“哎呀，快走吧，不知道那家餐厅很火吗？一会儿就没位子啦。”

幸好，领导派头十足的山谷及时发出指令，沙保里趁势加快了脚步。

可是，佐佐木依然对着沙保里喋喋不休。

“我可是米尔斯的忠实粉丝。蜂塚太太，你肯定也听过吧？”

沙保里头也不回地说了一句：

“我喜欢主唱努。”

“这样啊。”

沙保里拿出手帕擦拭不断冒出的冷汗。

又一位妈妈吉田插话进来。

“说到米尔斯，我突然想起来，他们组合中有个人进监狱了吧？”

沙保里快速往前走，就好像身后有洪水猛兽一样。

“沙保里，你那么慌张干什么，怎么了？”

须藤在后面紧喊慢喊。

“饿死了，我们快走吧。”

幼儿园的家长妈妈们大致分为三派，沙保里加入的这个小团体一共五个人，家庭年收入均在三千万到五千万日元之间。虽然没有公然说过年收入的问题，但大家都心知肚明这三派基本是根据收入水平自发组成的。这也无可厚非，因为经济能力差别太大的话，不仅没什么共同语言，更重要的是身份地位的差异还有可能引发一些意想不到的摩擦。沙保里她们这个小团体通常是早晨送孩子到幼儿园后，便一起逛街聊天喝茶吃饭，等着下午两点接孩子放学。

以前她们这个小团体里还有一个人，是个家庭年收入六百万日元左右的家长妈妈，不过，那个妈妈很快就自动退出了。怎么说呢，她是这样风格的人，喜欢身穿一身惹眼的名牌出街，腿上却套着一双抽丝的丝袜。有一次，她买了个爱马仕的铂金包，虽然是个二手货，但也绝不是她丈夫的收入能负担起的。果不其然，听说是借高利贷买的。她背着那个包来参加山谷举办的宴会，本意是想借机炫耀一下价值百万的包包，却犯了高级社交圈的大忌。山谷委婉提醒她铂金包适合公务或休闲，不适合高级宴会，这是最基本的常识。自那之后，她便转移阵地，去了年收入千万以下的普通工薪家庭的妈妈圈。

到了西餐厅，大家坐下来点了单，佐佐木便开始爆料。

“听说她把铂金包卖了。”

山谷把餐巾打开正要铺在膝上，闻言一怔，像是想起来了什么，轻启朱唇。

“她？野口吗？”

“是啊，还能有谁。你说说她，就背了那一次，结果不得不卖掉换钱。听说其他的也都是借钱买的呢。对了，你们知道吗，她开始打零工了。”

山谷有意无意地抚摸着脖颈上的梵克雅宝项坠，不痛不痒地说：“是吗？哎呀，够可怜的，用不着那么逞强嘛。”

咦？她不是说这个项坠丢了吗？看来是又买了一个，摸过来摸过去无非是故意想让大家看到，她就是这么爱显摆。

吉田含着一口水，来不及咽下就忙着问：“那她怎么接孩子？”

佐佐木轻蔑地说：“还能怎么办，偷偷溜走呗，昨天我就看见她穿着工作服来接孩子。”

“幼儿园下午两点就放学了，接回去后怎么办？”

“把孩子一个人锁在家里。”

山谷适时插话进来，像个高高在上的评论家。

“真是的，不要那么死要面子，送到保育园不就行了嘛。”

“是啊，这些人呢，碰上如今的好时代，就以为自己的层次提高了。普通的家庭全都拼命把孩子往有名的私立幼儿园、私立小学送，真是不自量力，弄得孩子也很可怜。”

“培训班也是人满为患啊。”

佐佐木从幼儿园又扯到了培训班。

山谷脸上浮现出说不上是怜悯还是讥讽的微笑。

“你是说入学考试培训班？本来嘛，他们把孩子送去培训班这一点就配不上名校。”

须藤表情复杂地看了一眼沙保里。五人中，只有她和沙保里让孩子上了幼儿培训班。她俩住同一栋公寓，都是为了让孩子能够进入现在这家幼儿园才把孩子送去培训。

其他三人似乎也意识到此时的微妙气氛，心照不宣地对望一眼，慌忙转移了话题。

沙保里暗自叹了口气，她们说的没错。话说回来，如果有她们那样的地位和门路，谁还会想把孩子送到培训班去，反过来说，既没有地位又没有门路的暴发户们，或者说不自量力的家长们能依靠的也只有培训班了。

须藤的老公在新宿经营餐饮业，是个不折不扣的暴发户。那我算什么呢？不自量力的家长？沙保里默默端起水喝了一口。

突然响起寻呼机的声音，大家闻声看向沙保里。

机屏上显示是南川千鹤子。

“不好意思，我去去就来。”

沙保里起身去寻找公用电话。

她拨通了千鹤子事务所的电话，听筒里传来千鹤子慌里慌张、连珠炮似的声音。

“沙保里，不好意思，没打扰你吧？事出紧急，是这样的，就是我昨天和你说的那个事儿，就是那个催眠疗法，有点儿小变化，他们想马上跟你见个面，同时做个采访。”

“知道了。什么时候？”

“今天行吗？”

“今天？”

“对，今天你什么时候有空？”

“我两点去幼儿园接小骏，然后……”

“上培训班是吧？”

“不，今天不上培训班。”

“那太好了，傍晚的时候可以吗？四点到六点，差不多两个小时就能结束。”

“这个时间的话，还行吧。”

“那就定在希尔顿酒店的休息室。”

“可以。”

挂断电话，沙保里隐隐有些恼火，千鹤子总是这么强势，每次都感觉自己像是被她牵着鼻子走。

可是，每回自己又总会欣然接受这种强势。

因为能给自己带来工作机会，这样就有了找人帮忙照看孩子的借口。

+

去幼儿园的途中，沙保里不露声色地提到采访的事儿。果然，须藤朱美主动要求照顾小骏。

“你就放心把小骏交给我吧，我家英之最喜欢和小骏一块儿玩啦。你不知道，每次和小骏在一起，他都变得可乖了，还能学到不少知识。”

“真是不好意思，每次都麻烦你。”

“客气什么呀。四点到六点吧？时间又不是很长，况且希尔顿酒店离得也近，万一有什么事儿，你很快就能回来。”

“那我就不跟你客气了啊。”

沙保里拽着朱美的衣袖轻轻摇了摇，像是中学生之间的那种亲密动作。朱美反手挽住沙保里的胳膊，然后亲昵地把头靠在沙保里肩上。她做出这样孩子气的动作，却一点不让人觉得做作。她比沙保里小六岁，大学期间打工时被店老板一眼看中，后来不小心怀了孕，就直接结婚了。虽然孩子都这么大了，但她的皮肤还像是十来岁的小女孩儿那样嫩得能掐出水，再加上小巧玲珑的身材，看上去就像个高中生。说实话，她这个年龄正是爱玩儿的时候，同龄的女孩子们一天到晚不是去舞厅就是去酒吧，而她根本不想这些，一心做个好妻子好妈妈。最主要的是，她和沙保里住同一栋公寓，平时没少帮沙保里。想到这些，沙保里不禁也挽紧了朱美的胳膊。

前面，山谷和佐佐木并肩说笑着，吉田落后她们半步，看上去像是个跟班儿。吉田是她们五人中年龄最大的，却是最低调的，大概是自己的年龄让她隐隐有些自卑，毕竟已经四十一岁了。

“你家小骏真是个好孩子，将来一定能成大事儿。”

沙保里被朱美的突然出声吓了一跳。

“能吗？就是情绪起伏比较大，最近好像进入叛逆期了。”

“哪有？那是你没跟我家孩子比，论闹腾，我家孩子排第二就没人敢说第一！一天到晚不让人省心，唉，也不知道这孩子到底像谁。”

朱美轻叹一口气，继续吐槽。

“这不，前两天我又被老师叫去了，这熊孩子把由加莉的脸弄破了。”

“由加莉？野口家孩子？”

“对啊，野口家的，就是背铂金包的野口。”

“把脸弄破了？”

“也不是什么大事儿，就是被积木角擦破了点儿皮，结果野口就不依不饶的，又是控诉又是告状，老师介入后好不容易才消停。”

“竟然还有这事儿，我一点儿都不知道呢。”

“我跟你说，你是不知道，她恨死我们了。”

“恨？”

“是啊，恩将仇报。就知道撇着嘴胡说，明明是她自己主动退出的。”

“恩将仇报……”

“我真替由加莉担心，摊上这样的母亲。”

“怎么说？”

“我家孩子并不是无缘无故打由加莉的，是因为她对着我孩子大喊‘去死吧’。”

“真过分。”

“是吧？女孩儿说话早，会说的也多，我家孩子毫无招架之力，被说急了才忍不住出手打人，可也不至于让我们‘去死吧’。一定是野口在家经常这样说。俗话不是说嘛，孩子是父母的影子。”

“你这样一说，我想起来了，我家小骏说梦话时也说过‘去死吧’。”

“啊，那一定是跟由加莉学的。”

“是……吗？”

“肯定是。别人家的孩子我也不好说什么，但是我真不知道她将来会变成什么样的女孩儿。”

沙保里心里咯噔一下。

“将来……小骏要是成了一个罪犯，怎么办？”

“欸？”

朱美莫名其妙地看着沙保里。

沙保里一下子惊醒过来。

“啊，那个，我是打个比方。”

“我从来没那样想过，都是担心我家孩子将来受人欺负怎么办。就我家那孩子，不可能成为罪犯，一定不会。”

“嗯，没错。我家小骏也绝不……可能成为罪犯。”

十

希尔顿酒店的休息室内，千鹤子向沙保里介绍两位女士。

一位是M美容美体中心的经理向井女史，四十多岁，身穿一身低调的黑衣服，根本让人联想不到她从事的是奢华的美容行业。另一位是催眠师——瑞克O女士，戴着金色波波头假发和黑色太阳镜，让人看不出她的具体年龄，但从那富有光泽的皮肤来看，年纪应该不会太大。她是美国知名的催眠师，其实是一个如假包换的日本人。

大家在休息室简单寒暄几句后，沙保里被带到最顶层的豪华套房前。

沙保里悄悄问千鹤子：

“来这里干什么？”

千鹤子理所当然地回答：

“让你体验一下催眠疗法啊。”

“欸？今天？”

听到她们的谈话，已经走到门里的向井女史回头解释说：

“瑞克O老师明天要回美国一段时间，所以就定在今天啦。”

“可是……”

还没等沙保里说什么，千鹤子就抢先说：

“放心吧，没事儿的，沙保里。”

“可是，我没做什么准备。”

“不需要做什么准备。”

这次说话的是瑞克O。她的声音很独特，让人莫名感到心安和信任。

“只要放松躺下来就行了。你想躺床上还是沙发上？”

“那……沙发吧。”

或许，此时催眠已经开始了，沙保里竟然自动走向沙发躺了下来。

向井女史默契地把窗帘全都拉上，然后扭亮了边几上的台灯。

昏黄的灯光让人联想到夕阳的残辉，沙保里感到内心的不安正一点一点蔓延开来。

“首先，说说你的烦恼吧。”

烦恼？我可没什么烦恼。沙保里抿紧嘴唇，轻轻摇了摇头。

千鹤子忽然开了口。

“沙保里，你不是能看到吗？”

“看到？”

“对呀，就是你的超能力，比如特异功能，比如……”

“哦，原来是灵感体质啊。”

“是的，是的。”

瑞克O和千鹤子的声音在耳边此起彼伏。千鹤子一如往常，夹杂着自己的理解和断定介绍着沙保里的情况，沙保里几次想开口反驳，却感到意识模糊，难以将脑海中杂乱的字词组成完整的句子。

困，非常困，困得眼皮好像有千斤重。

耳根处隐隐传来瑞克O的声音。

“你可以闭上眼睛。”

嗯……

“你今年多大？”

十六岁……

“现在是昭和几几年？”

昭和五十一年……

十

昭和五十一年（一九七六年），初夏。

我十六岁，上高二，参加了某广告代理公司主办的“女高中生最喜欢的点心”评选大会。无论是公司总部还是广告界都对本次大会做了深入、连续的宣传和报道。

包括我在内，评委一共有十五人，均是年龄在十五岁到十八岁之间的女高中生。组委会规定必须穿校服，所以哪个女生是哪所学校的一目了然。大家都来自以校服漂亮而著称的学校，每个人都是通过少年杂志上的招聘广告应聘选拔上来的。

虽然宣传语是“用你的感性选出人气商品”，其实根本不是选，只是试吃广告公司既定的商品，然后说说感受。我心中隐隐有点儿失望。

所以，我就实话实说了。“一点儿都不好吃”这句话让工作人员大为慌张，尤其是一个满头卷毛的大叔。

他语无伦次地问：“欸？不会吧？为什么这么说？哪儿不好吃？”

大概他是看到生产厂家的代表也在场，所以竭力安抚、取悦他们，像个傻子似的。不好吃就是不好吃，还能怪我？

大会进行了一个半小时后，短暂休息了十五分钟。

“喂，喂。”

我感到袖子被谁扯了几下，扭头一看，旁边是一个头戴绛紫色格纹发带的女孩子。原来是K女中的。K女中常年稳居少年杂志上女子校服排行榜的前三位。

“你能不能好好想想再评论？”

我看了看她的姓名牌，藤本美莎。想起来了，是她！介绍时自来熟地让大家叫她“美莎”。

我忍不住为自己辩驳。

“不是说让畅所欲言吗？所以我才说了实话。”

同时，也忍不住发出一连串质问。

“难道你觉得好吃？你真的觉得很好吃？”

美莎边往性感的嘴唇上涂唇膏，边慢悠悠地说：

“不难吃啊。”

仔细看看，她肯定是化了妆，刘海儿微卷，应该是烫出来的。没想到K女中的校规这么松，连化妆、烫发都不管。

再看看我，黑直的长发一分为二，编成两个麻花辫，刘海儿软塌塌地贴在脑门上，右脸颊、下巴和鼻子上还有几个显眼的粉刺。

说实话，我是十五人中最不出众的一个，却是最引人注目的一个。然而，引人注目的不是我，而是我身上的这身校服。我们学校每次都在校服排行榜上独占鳌头。这是东京圈所有女孩子梦寐以求的校服，无奈龙门难登，只能望“服”兴叹。虽说物以稀为贵，但是校服再怎么漂亮、再怎么有名，我自身可以说是金玉其外败絮其中，想必那位只凭“T女学院”

几个字就把我选上的工作人员此刻肠子都悔青了，尤其是那个卷毛，看见我就摆出一副难掩失望的臭脸。气死我了！等着吧，我一定要让你啪啪打脸。

“毕竟厂家的人也来了，说点儿好话又不影响你什么，你就表扬表扬他们的产品呗。”

美莎的声音将沉浸在思绪中的我拉回现实。

她照着镜子，继续劝诱。

“再说，哪怕只有一个人唱反调，气氛也会一下子就冷下来，搞得我们也很难做。”

“明白了。好吧，我什么也不说就是了。”

“你看，你看，这种态度可不行，要乐在其中，后半场还有摄影呢。”

她对着搬运照明器具进进出出的工作人员扬了扬下巴。

这不是什么秘密，早就确定好的，说是大会盛况要刊登在杂志上。

“如果能入了哪位高管的法眼，那岂不是等于有了当上读者代表，甚至上电视的机会？但是，要是照片中突兀地出现了一张冷冰冰的脸，势必惹得厂家、出版社、广告商都不高兴，肯定不会再关注我们了。”

这应该是美莎的委婉警告吧，意思是我的特立独行已经让工作人员有了嫌恶之意。

“说实话，我压根儿没想到T女学院的学生能来，你们不是校规很严吗？你们学校占据校服排行榜第一位，却从来没出现过身穿校服的学生照片，是禁止你们穿校服拍照吗？”

确实，我们的校规之严格无出其右，其他学校的学生都戏称我们学校是“T女子监狱”。

“那你来参加这个活动，没关系吗？”

是啊，说不定得勒令我退学，往好里说，估计也得给个停课处分。但是，我来之前已经做好了充分的思想准备。

美莎用手指整理着额前的卷刘海，不放心地叮嘱我。

“虽然你可以有自己的想法和理由，但是我希望你不要闹得太出格。我们要学着成熟，提高为人处世的能力，不是吗？”

看我沉默不语，美莎无奈地转移了话题。

“说到广告公司的人，我眼前浮现的是又帅又酷的帅哥哥，结果根本不是这样呢。”

随着美莎的视线，我看到的是那个卷毛来回奔忙的身影，不是给女孩子们拿饮料，就是对着厂家的高管点头哈腰，被汗水打湿的卷发越发蓬卷，细长的身子顶着这样一个发型，远远看过去，就像一根火柴。

“鼻毛是不是也是卷曲的？”

我无意中说出口的这句话好像戳中了美莎的笑点，她一直笑个不停，还走到其他女孩子面前去说这件事儿，结果一个传一个，很快就传遍了所有人。

于是，“鼻毛是不是也是卷曲的”就成了那天女孩子们最大的关注点。到了大会的后半场，卷毛走到哪里，哪里就传来哄笑声。没想到无心插柳柳成荫，主办方得到了想要的高涨气氛，连摄影师也喜不自禁地说拍到了最自然的照片。

最后的最后，卷毛彻底沦为了女高中生们的靶子。女孩子们想方设法逗弄他，吸引他的注意。于是，不知不觉间提问大会拉开了大幕。

“你是什么星座？”

“处女座。”

“什么血型？”

“O型。”

“你爱你女朋友吗？”

“真受不了你们。”

“你喜欢哪种类型的女孩儿？”

“这个……”

“你想过劈腿吗？”

“真是怕了你们啦。”

这家伙竟然害羞了。在大家的笑闹中，我也被勾起了兴致，偷眼观察着他的举手投足，我发现他的手指又细又长，眼睛是漂亮的双眼皮，鼻子长得也很好看……

等到大会结束时，竟然有女孩子做出捧心状陶醉地说“是我喜欢的类型”，还有女孩子主动给他留下自己的电话号码。

我也偷偷在笔记本上写下了自己的电话号码，顺手撕下来小心地折了一道又一道，但一直没找到给他的机会，结果在自己手中被揉搓成皱巴巴的一团。

“欸？那个人不是米尔斯的成员吗？”

大会快结束时，我听到一个女生这么说，她直直地盯着卷毛的那头卷发。看她那样子就不是个乖乖女，领带歪歪扭扭地挂在脖子上。

旁边的女生疑惑地看着她。

“米尔斯？什么东西？”

“你不知道？《狂恋》就是他们的歌，演唱组合米尔斯啊。”

“演唱组合？不知道。”

“你竟然不知道？那句‘爱你，爱你，爱到恨不能杀了你……’，声嘶力竭的爱的嘶吼，想起来了吗？”

“什么乱七八糟的。啊啊，想起来了。我听过那首歌，你说是他唱的？怎么可能？你肯定搞错了，只是长得有点儿像吧。”

“不，肯定没错。我姐是他们的忠粉，我家有很多他们的磁带。你看他，右脸上是不是有颗黑痣，还有天生的自来卷，所以肯定没错。”

“如果真是他，那样的人怎么能来这个地方干这种活儿？”

“可能是重新找的工作。昙花一现，没什么发展前途，就退出娱乐圈了呗。”

他们的对话激起了我的好奇心。米尔斯组合，我从来没听说过。

我看了看手表，已经很晚了。离这儿比较近的学生挥着手互相道别，各自踏上了回家的路，最后只剩下了我自己。我提着活动方送的点心礼盒，不安地四下张望。

卷毛来到我眼前，从夹克外套内兜里掏出出租车乘车卡递给我。

“打车回去吧。”

“我家离这儿很远，要花很多车费的。”

“没事儿，花多少都没关系。”

“可是……”

我也不知自己的脸怎么突然发起烧来，肯定红透了。

“拿着吧，没关系。”

他看着我露出笑容。啊啊，虎牙！连牙齿都长得这么好看。

我把手中的小纸团递给他。

“那，如果，如果有什么事……”

“好的。下次有机会，我一定联系你。”

“好可爱！”

我冲口一句这个年龄的女孩子一天不知要说多少回的感叹词。

他愣愣地看着我。

看着他慢慢染上红晕的脸庞，我继续感叹。

“好迷人！”

戏弄大人，是这个年龄的特权和癖好。试想，瞪着一双无辜的眼睛仰着头，状似认真地问“下次，是什么时候”，然后看着大人逐渐窘迫的神色，还有比这更令人开怀的吗？我决定继续逗弄一下他。

“你是米尔斯的成员？”

“欸？啊，怎么说呢，都是以前的事了。”

“可是我一点都不知道这个组合耶。”

他脸上的肌肉抽了抽，露出一抹复杂的神色。

“哦，是吗？给你这个。”

他递给我一块巧克力，我第一次见这样的包装。

“样品，不嫌弃的话，尝尝吧。”

“你看，我已经有这么多糖果点心了。”

“你那些都是普通点心，随便一个超市都有卖的，而这种巧克力是专为贵宾客户定制的。”

“贵宾？”

“是啊。”

“那你给了我，没关系吗？”

“没事儿，拿着吧。”

出租车在我们身旁停下来，门自动打开。

“一路小心。”

他客气地深鞠一躬，头顶蓬乱的卷发清晰地映入我的视线。想必他每天早晨都要跟这一头自来卷儿做斗争吧，因为我闻到了发胶的香味，但显然并没有什么效果。

他把手轻轻抚在我后背上，借助这个力道我坐进车里，身体自然和座椅贴合在一起，我从来没有这样规规矩矩地坐过，这是第一次。车门关闭，出租车慢慢加速。透过后视镜，我看到他一直站在原地挥着手，越来越远，越来越小。

我感到心底深处一股暖意涌出，慢慢温暖了整个心房。

这就是我与他——河上航一的初识。

我在脑海里像放电影一样，一遍又一遍播放着那天的每一幅画面。

突然发现一个问题。

他在公司是被欺负的那一个吧？一定是的。评选大会上，只有他忙前忙后，就像是理当如此一样。另外那几个人，看样子也是员工，不仅什么都不干，还对他的工作吹毛求疵，要不就讽刺挖苦。

那个时候的他简直就是我在班级里的处境的翻版。

原来，成人世界里也有欺凌啊。

我感到胸口针扎似的疼。

这是感同身受？同情？还是好奇心？

自那之后，我开始疯狂搜罗关于米尔斯的信息，跑了四家旧书店，买了六本旧杂志。米尔斯是一个五人乐队，在演唱组合热潮衰退的昭和四十五年横空出世，成名曲《狂恋》的唱片大卖十万张。

“难道真是他？”

五人一字排开，其中有一个摆出令人捧腹的姿势，头发是自来卷，右边脸颊上有颗黑痣，还有一颗虎牙。是他！不过，那时的他看上去相当酷帅。新闻报道中还有他的简介，艺名“航”，担当乐队的吉他手和合唱，年龄……

“昭和四十五年二十岁，那现在才二十六？这……他这长得也太老了点儿吧，像个大叔。”

我掰着手指头算着他和自己的年龄差。

“二十二岁退出娱乐圈，然后考上大学……看不出还是个励志青年呢。”

我把杂志上的报道看了一遍又一遍，还在旧音像店找到了《狂恋》的单曲。没错，就是听过的那首歌，挺对我的胃口，不太喜欢主唱的声音，但副歌的合唱部分很好听。哪个声音是他呢？我一遍遍播放着满是划痕的旧唱片。

爱你、爱你、爱你
爱到恨不能杀了你

“真是个傻子，我这是在干什么啊！”

梅雨结束的时候，我的好奇心也陡然冷却下来。

然而，偏偏就在这一周的星期六，我接到了他的电话。

“我发现了一些遗忘的东西，是你的吧？”

明明知道自己并没有丢失什么，却还是在第二天去了约定的地点。

然后，接受邀请去了酒店。

那是我的初夜。

“乐队为什么叫米尔斯？”

我向他发问道。

“取自曼森的中间名‘米尔斯’，是我提议的。”

“曼森？”

“查尔斯·米尔斯·曼森，美国历史上最疯狂的杀人魔‘曼森家族’的首领。”

搞什么？竟然用如此凶残之人的名字作为乐队名。

难道他本身就是个危险分子？难道可爱的卷毛下面隐藏着凶狠的真面目？

可是，我已经在他的引诱中无法自拔，就像歌中唱的那样：

阻止、谩骂
挡不住靠近你的心
明知是一场错爱
却义无反顾、一往无前
爱你、爱你、爱你
爱到恨不能杀了你

十

“现在是平成几年？”

平成三年……

“你今年多大？”

三十一岁……

“啪——”

什么东西炸裂的声音，沙保里睁开了双眼。

模糊的视线中闪出千鹤子的身影。

“沙保里，你没事儿吧？”

“没事儿，没事儿。”

沙保里机械地回答。

她长吁一口气，啊，终于能说话了，只是脑子乱作一团，不知在想什么，也不知该想什么。她伸手拖过自己的包，摸索到雪茄盒，从中抽出一支烟，然而发抖的手却怎么也拿不起那支几乎没有分量的、细细的香烟，她只好用另一只手托着烟身，哆哆嗦嗦，终于递到了嘴边。

三人看着她，表情复杂，有好奇，有同情，还有怜悯。如果是平时，沙保里看到这样的神色一定能迅速做出应对，但此时的她没有精力管理自己的情绪，脑子里乱作一团，无法思考。

她的手指病态地颤抖个不停，好不容易才点燃了嘴边的香烟。

离开希尔顿酒店时，比预计的六点晚了五分钟。

“沙保里，必须快点了，小骏不是还在别人家吗？”千鹤子焦急地催促。

“嗯。”

沙保里嘴上答应着，可脚下却似有千斤重。

千鹤子露出那种狮子狗的表情偷偷瞥了一眼沙保里。

“怎么了？”

“我……刚才是不是说了奇怪的话？”

“没有。瑞克O说你是那种很难实施催眠术的体质。”

“是……吗？可是……”

“你像平时一样呼呼大睡，瑞克O都惊呆了。”

“只是睡着了？”

“是啊，看上去你心情真不错，足足睡了四十分钟呢，结果也没来得及听你讲讲体验，但是就当已经做了采访吧，希望你在文章中就这么写。”

“好吧，明白。那个……”

“想说什么？”

“你说，催眠疗法真的管用吗？”

“应该有效果吧。事实上，有很多人都通过催眠疗法来解决烦恼。”

“真的？”

“看不出效果的人一定是没有烦恼的人，或者是个秘密主义者。你是哪种类型呢？”

是啊，我是哪种类型呢？

沙保里沉默下来，不再说什么。

两人来到公寓门前，那个身穿军绿制服的看门人对着她们轻轻点了点头。

千鹤子停下来。

“我就送你到这里吧。”

“不上去坐坐了？”

“不上去了，接下来还有个碰头会。”

“是吗？”

“我明天再过来。”

“啊，差点忘了，明天是交稿的日子，放心吧，我会按时完成的。”

“对了，网购公司的东西收到了吗？”

“欸？什么东西？”

“上个月，不是给你接了个给网购公司写商品推介文的活吗？”

“啊，你是说那个啊，你不提我都忘了，还没送来呢。”

“这么慢，如果这周还送不来，我就给他们打电话。”

“好的，辛苦。”

“拜拜，明天见。”

+

沙保里去须藤朱美家接小骏。

“那个人，笑了。”

“欸？”

听了沙保里没头没脑的这句话，拿出玮致活草莓系列茶壶准备泡茶的须藤朱美疑惑地歪头看了她一眼。

“就是看门的大叔，姓什么来着，SUGANO？”

“你说的是KANNO，菅野吧？”

“啊，那个姓读KANNO啊。”

“菅野怎么了？”

“他不是总板着一张脸吗？每次我主动和他打招呼，却连个微笑都不给。”

“没错，就像个面无表情的机器人，不过人挺好的，我跟他说过几次话。”

“你可真行，我是做不到。”

“还真是，好像从来没见他笑过，总是阴沉着脸，一点儿也不温和，看上去让人怕怕的。”

“是吧，我没说错吧？可是今天他竟然笑了，还是和蔼可亲的微笑。”

“真的假的？真让人难以置信。”

“是吧。”

沙保里端起茶杯，氤氲的薄荷香气钻入鼻间。

“哎呀，这个茶可真香，真好喝。”

“我在绿茶里加了薄荷、菩提。薄荷是我自己在厨房阳台上种的。对了，还加了点蜂蜜，你喝着是不是有点儿甜甜的味道？”

“朱美，你泡茶的功夫可真厉害，下次我写写你泡的茶，可以吗？”

“欸？那叫人多不好意思啊。”

朱美忸忸怩怩地客套着，抬眼偷偷看了一眼沙保里，然后好似开玩笑地说：“不过，说好了，你可不能写我不好哈。”

“当然了，我怎么能丑化你呢？”

两个人品着茶，天马行空地闲聊着，朱美像个小松鼠似的“喀嚓喀嚓”咬着小饼干，突然“啊”的一声，眼神虚望着远处定住了，继而吐出一句让沙保里震惊的话。

“菅野肯定是对你有意思。”

“瞎说什么呢？”

“所以他才会对着你笑嘛。”

“你呀……”

“没错，菅野一定是对你……”

“怎么可能？”

沙保里抿了一口红茶，突然也像朱美那样眼神飘向了远方。

“啊，难道是……”

“怎么啦？”

“或许他看上千鹤子了。以前我和她一起进来时，菅野也笑了，当时我还以为是自己的错觉。”

“千鹤子？就是那个自由集稿人？”

“嗯。我说嘛，这就对了，菅野是对着千鹤子笑的。”

沙保里想象着冷冰冰的看门人和千鹤子两人在一起的样子，竟然一点不觉得违和。

“感觉那两人很相配呢，年龄也接近。”

“千鹤子结婚了吗？”

“她离婚了，现在是单身。菅野什么情况？”

“没听说他有老婆。”

“是吗？那我下次问问千鹤子。”

“你用你的特异功能看看不就好了？”

“说什么呢，我哪有那种功能？谁跟你说……”

“千鹤子啊，有一次我在休息室碰到她，她跟我说你……”

这个千鹤子啊，真是的。这事儿要是传开来怎么办？我岂不是又要被人当怪物看待。

“我真没有什么特异功能，只是好像能提前感知到将要发生的事儿，不过仅限于自身，别人的事儿，我可什么也预感不到，也看不到。”

“是吗？千鹤子可是对你赞不绝口，‘沙保里太厉害了，太牛了，货真价实的真本事’。”

“她呀，那是在改变策略呢。”

“改变策略？”

“如今不是很流行神怪、恐怖、灵异之类的故事、电视、电影吗？千鹤子想把我往那方面推，所以刚才还……”

沙保里停滞一下，掩饰性地端起茶杯喝了口水，然后才又开口。

“你了解hypnotherapy吗？”

“hypnotherapy？啊，我在杂志上看到过，就是俗话说的催眠术吧？”

“是的。非常怪异。”

“你体验过？”

“嗯。”

“可怕吗？那内心的创伤、秘密，是不是一股脑儿地都被窥探到了？”

“大概吧。不过，我只是睡了一觉，催眠术对我不起作用。”

“真的？”

“欸？难道你有兴趣尝试？”

“不是啦，找机会给我老公催眠一下。”

“你老公？”

“嗯，他肯定有什么事儿瞒着我。”

朱美一副开玩笑的语气，但眼神出卖了她真实的想法。

“他可能在外边儿有女人……”

开门的声音打断了她们的交谈。

小骏从隔壁房间飞跑出来，手里拿着一本杂志。朱美的儿子英之在后面紧追，看样子是今天玩拼图游戏又完败给小骏了。

沙保里放下茶杯，对着小骏伸出手。

小骏却看也不看她，径直跑到朱美面前。

“英之妈妈。”

“怎么啦？骏骏。”

“英之妈妈，这是什么？”小骏指着手里的书问。

“什么？”

沙保里的脸腾地燃烧起来，朱美的脸却一下子失去了血色。

然后，她快步跑向隔壁房间，边跑边喊。

“天哪，不会吧！”

沙保里跟了过去，看到地上散落一地的成人杂志。

“不！你听我说，这是我老公的，真的，是我老公的东西，他藏起来了，没想到被孩子翻了出来。”

“朱美……”

沙保里刚一开口，朱美又焦急地喊起来。

“对不起，对不起！没想到让孩子们看到了这些，实在对不起。”

然后，她慌不迭地把杂志胡乱收拢起来扔进垃圾桶，嘴里不停地嘟囔着。

“真让人难以相信，孩子们是怎么翻到的……”

杂志原本放在壁橱最上层的橱柜里，孩子们怎么能爬到那么高的地方翻找？沙保里定睛一看，瞬间就明白了，能耍这种小聪明的肯定是小骏无疑，他们在椅子上叠放了好几本厚厚的百科事典[1]。

沙保里尴尬得无地自容，呆呆地看着朱美慌乱收拾残局的身影，心中暗自愧疚。

对不起，对不起，朱美，是小骏的错，是小骏闯的祸。

椅子上突然有什么东西一闪，可能是原本夹在杂志中的，也可能是随着杂志被抽带出来的。沙保里拿起那个东西。

是个珍珠贝的项坠，看上去有点儿眼熟。

“啊，山谷太太的梵克雅宝……”

她猛然意识到什么，生生将没说完的话咽了回去，心中暗自庆幸没说出口，不然就出大事儿了。她悄悄将项坠放回原处。

离得不是太远，朱美肯定看见了吧？完了，会不会出什么乱子？要是自己被卷入风波中可就麻烦了。

沙保里心里稍稍鄙视了一下自己的想法，转身走开。

走到客厅，心还一直怦怦跳。

小骏看到她，天真无邪地追问：

“妈妈，妈妈，书中那两个人在干什么？”

1　《世界大百科事典》，日本的标准型综合性百科工具书。——译者注

“小骏，不要再问了。”

“你说嘛，在干什么？”

“回家了，小骏。”

“你说嘛，妈妈。”

“烦死了！”

小骏，都是你惹出来的事儿，如果你不那么干就不会出这些乱子，如果不生下你就……

“你说呀，妈妈，妈妈！”

“闭嘴！”

“sadism是……”

十

“沙保里，你知道萨德吗？”

河上航一仰面躺在床上吐着烟圈儿。

我预感他又要长篇大论了，可偏偏是自己挑起的话头，因为沉默不语的他着实有点儿让人害怕，而自己又实在不擅长提出诸如“你最想遇到的历史上的人物是谁”之类的无聊问题。我抱着枕头换了个姿势，做好侧耳倾听的准备。

“萨德？你说的是sadomasochism的萨德吗？”

“嗯，就是作为sadism这个词的词源的那个人。”

“人？施虐癖的词源竟然是个人？”

“没错。他是法国贵族，是个侯爵。”

“欸——”

“萨德侯爵被关进监狱后，化愤怒和憎恨为动力，写出了一系列被称为暗黑文学的作品。”

河上的长篇大论即将开始，我翻身趴在枕头上，看着他蠕动的双唇。

“据记载，萨德侯爵确实有鞭笞之类的癖好，但并没有虐人至死。他的作品无不充斥着有违道德的恶趣味，但他本质上并非如此。如果不是身陷囹圄，也不会有那些作品的问世。我认为他只是稍微有点儿好色、变态而已，而且这个人不太精明。

“萨德一生中有二十七年是在监狱中度过的，丑闻昭著的生活中有三起广为人知的事件。一七六三年，新婚不久的他不改放荡习性，因一位风俗女的控告第一次进了监狱。五年后正式出狱，他却又捅了一个更大的娄子，被称为阿尔克伊事件，他诱骗一位找工作的女人到自己的阿尔克伊城堡，对其进行鞭笞凌虐。第三个便是导致他长期被监禁的马赛事件。

“当时，萨德的社会丑闻被添油加醋地大肆宣扬，他成了恶魔的化身。带着这种先入为主的主观认知，人们把他的那些事件演绎出各种版本。他那个思想保守的岳母，最终将萨德侯爵送进了监狱。但让她没想到的是，却由此造就了一个风格独特的作家。萨德侯爵运用非凡的想象和语言，创造出一个匪夷所思的色情世界。

“他把内心对支配自己人生的那些人的愤怒以及对剥夺了自己自由的社会的憎恨化为笔下行云流水的文字，他的作品是对社会的诅咒，没错，就是诅咒。这个世界充斥着隐忍欲望的所谓具有美德的‘好人’，萨德运用自己独树一帜的语言在他们面前竖起一面映照出邪恶的镜子，直言不讳地指出‘你们压在体内深处的真正欲望就是这些’，被唤醒欲望的‘好人’们解除了思想上的严酷束缚，最终沉沦在无边的欲望中。这就是他对社会的报复，对世界的诅咒。也就是说……”

“什么跟什么啊，我听不懂。”

我强行打断他的长篇大论，摆出一副忍耐到极点的样子。

“我从未读过萨德的作品，甚至今天才第一次听说sadism的来源竟然是个人，是个作家。说到sadism，我只会想到女王形象。”

“你可真是个傻白甜。”

“怎么，你这是在鄙视我吗？是，是，反正在你眼里，我就是个什么都不懂的傻女人。”

“别生气，郑重声明，我的话并没有什么恶意。啊，时间都这么晚了。”

他把手中的烟在烟灰缸中碾灭。

我在心中暗暗祈祷，再吸一支吧，再吸一支。带着深深的期待，我拿出一支烟叼在嘴边。

事与愿违，他已经下了床。

我吐出一个烟圈儿，像个小太妹似的轻佻地说：

“下次，去你家吧？”

他抬起右脚伸进裤腿，头也不回地问：

“为什么？”

“想去你房间嘛。”

“我那屋太脏了。”

“我给你打扫。”

“好呀……妈妈。”

“欸？”

+

小骏！

沙保里吓得身体一缩。

烟灰随之撒落一地。

刚才的幻想意味着什么？

记忆？还是……预知梦？

沙保里在椅子上动了动身子，借以平复怦怦直跳的心。

看了看表，十一点五分。说是第二天要早起，丈夫已经上床睡了，隔壁儿童房里，小骏也睡下了。

只有沙保里，为了明天必须要交的文稿，还在客厅一角的电脑前忙碌着。

对于孩子的成长，我时常感到迷茫。儿子现在上幼儿园中班，是个普普通通的小孩子，我并未让他接受过“英才教育”之类的培训，但是他吸收知识的能力非常强，有时候我恨不能钻到他的小脑袋里看看到底都装了些什么。

他喜欢看纯英文杂志，基本都能看懂。

但是，还无法正确理解、运用这些知识。

前几天，就发生了一件让我尴尬得恨不得钻到地缝里去的糗事。

写到这儿，沙保里停下了在键盘上翻飞的手。

不行，不能这样写，这样会让读者感觉我是在炫耀自己的孩子。其实，我并不是炫耀，而是对他超乎寻常的智力水平感到害怕。

一个才四岁的孩子，竟然能说出sadism之类的话。

不，这还算不上严重的问题。

最主要的问题是家长竟然把那种色情杂志放在孩子目所能及的地方。

说到底，朱美的老公不过是个上不了台面的暴发户，别看现在经营着拉面馆和煎饼屋，看上去挺成功的，其实连高中都没考上，十几岁就开始在歌舞伎街的酒吧里打工，听说和黑社会组织还有联系。像他这种经历的人，怎么能想到生活中应该注意什么，又该怎么对待孩子的教育问题？高素质的父母肯定不会像他那样。

以后还是和他家保持距离吧，虽然这样做有点儿对不起朱美。

沙保里收回心神，再度在键盘上敲击起来。

俗话说，三岁看大，七岁看老。幼儿期的记忆能影响一个人的一生，这一时期被灌输的记忆不会消失，都积聚在无意识层中，说不定什么时候就会被唤醒。所以，父母必须重视这个年龄段孩子的教育。

今天发生了这样一件事。

因有急事，我把儿子托付给了住在同一小区的A太太……

话题进行到这儿，沙保里不由得又停了下来。

不行，也不能这样写，朱美本身又没做错什么。

做错事的是她老公，朱美是被那个男人骗了。试想，一个对来店里打工的大学生下手并且致使对方怀孕的男人，能有什么道德？

“他可能在外边儿有女人”，朱美虽然嘴上说的不是那么肯定，可说不定就是真的。

还有在她家看到的那个珍珠贝项坠，那……与山谷引以为傲的项坠一模一样。

但是，山谷亲口说过她的项坠丢了，现在戴的这条是重新买的。

当时，野口还未退出她们的圈子，沙保里和她还讨论过这件事儿。

“不愧是山谷太太，真阔绰，那么贵重的东西丢了，竟然一点儿都不在乎，而且马上又出手买了条同样的。”

沙保里清楚记得野口是这么回应的。

“切！到底是在哪儿丢的呢，相好的家里还是车上？你不知道吧，山谷的男性朋友可多了，我在歌舞伎街附近亲眼看到过好几次。到底是当过演员的，交友还真广。”

野口背后嚼舌根儿这个毛病很让人讨厌，只要听到一点儿风吹草动，就像个娱乐圈的狗仔似的闻风而上，添油加醋地到处宣扬，这也是她被赶出圈子的直接原因，不仅仅是因为爱马仕铂金包的缘故。

不过，这次野口说的好像没错。那个珍珠贝项坠，说不定——不，一定是山谷的。可它怎么会出现在朱美家呢？难道说她老公和山谷……

沙保里叹了一口气。

不知为何，总感觉最近要出大乱子。

沙保里看了看电脑屏幕上显示的文字，想了想，最终还是全部删除了。

她当下决定，这次就不写身边人的事了。

可是，耳边似乎响起千鹤子的声音。

“为什么呢？对身边人和事的细致描写，才是蜂塚沙保里文章的奥妙之处嘛。”

沙保里对着空气自语。

“千鹤子，这次是真的不行，这可不是开玩笑的事儿。”

那就写写更为亲近的人和事吧，比如父母……

父亲是著名演员，母亲是见不得光的小三，但是父母恩爱，共同抚育自己长大。在沙保里心中，父母是神圣不可侵犯的写作禁区，自己从不愿意踏足半步。

可是，明天就是截稿日期了。

是不顾被卷入混乱中的危险写这次的见闻呢，还是自曝身世?

纠结了一阵儿，沙保里将双手重新放到了键盘上。

9

公寓附近的咖啡馆。

千鹤子看完沙保里交上来的稿子，不无担心地说：

“这次写的也很有意思。不过，不要紧吧？文章中提到的男人的妻子是不是须藤太太？”

沙保里点燃一支烟。

“是的。我也纠结了很久，后来索性一不做二不休，就这么写了。”

“我和她在这儿闲谈过几次，挺可爱的一个女人，感觉她长得有点儿像安田成美[1]。”

1　安田成美，1966年11月28日出生于日本东京都，日本歌手、演员，代表作品有《美好的世界》等。——译者注

“是啊，很好的一个人，年轻轻的却从不出去玩乐，一心顾家顾孩子。但正因如此，我不能一味保持沉默。其实，不管我写不写出来，都阻止不了混乱的发生。”

“明白了。题目的话……叫‘珍珠夫人’怎么样？模仿电影《蝴蝶夫人》。”

沙保里忍不住别过脸去。

“你这是哪儿跟哪儿呀，再怎么着也……”

千鹤子起标题的水平实在令人不敢恭维。

“啊，又是这首歌。”

千鹤子突然抬起头来。

“最近经常听到这首歌呢，这是老歌翻红了吗？”

阻止、谩骂

挡不住靠近你的心

明知是一场错爱

却义无反顾、一往无前

爱你、爱你、爱你

爱到恨不能杀了你

“肯定是有人故意在有线电台点播的。沙保里，你怎么了？”

“没什么。”

沙保里虽然嘴上说没什么，动作却出卖了她。她慌乱地熄灭未吸完的香烟，合上摊开在桌子上的记事本，急急忙忙塞进托特包里。

“我还是觉得在这儿坐着不舒服，我们去公寓的休息室吧。”

千鹤子奇怪地看着她。

“咦？你不是说不想在公寓休息室谈工作，我们才到这里来的吗？”

“别说了，走吧。这里人太多，我感觉有点儿头晕。”

“你没事儿吧？怀孕反应？”

“不是。这个孩子非常贴心，从不折腾我。走吧，快走吧。”

两人走出咖啡馆，千鹤子却说还有别的工作，直接打车走了。

沙保里看看手表，还不到十二点，离接小骏还有一段时间。平日总说想拥有属于自己的时间，总觉得时间飞逝如电，但突然有了空闲后，却又不知该干什么了。

她决定还是先回家。

走到公寓门口时，看门人菅野提醒她：“请多加小心。”

“欸？”

“最近几天，有人在公寓内发现了可疑者。”

“可疑者？那样的人能进入公寓？不是说这栋公寓的安全防范设施堪比大使馆吗？”

“是的，如您所说，但是再先进的设备也会有盲区。”

“盲区？”

“是的，疏散楼梯附近就监控不到。”

“从那里能进入公寓？”

“管理公司和安保公司正在商量对策。”

“好可怕。也就是说现在依然有盲区？”

“不，不，已经派人守在疏散楼梯那里了，现在应该安全了。”

“可是，你刚才不是还提醒我小心吗？”

“是的，我是提醒您，慎重起见别忘记锁好房间门。”

“哦，多谢。”

“那个……”

“还有事儿？”

“请问您家养宠物了吗？”

“没有。”

“那就好。”

“怎么？出什么事儿了吗？”

“倒不是什么大事儿，目前还不清楚和那个可疑者有没有关系，今天早上在停车场发现了一只死狗。”

“死……狗？”

“听说是附近的住户饲养的宠物狗。”

+

“沙保里，你知道狗神吗？”

河上航一突然这么问。

精神恍惚的我好久才出声回应。

“狗……神？”

“能帮人实现一切愿望的神灵。如果你告诉它想要什么，它便会给你偷来，如果你告诉它讨厌谁，想杀了谁，它便会替你处置那个家伙。”

河上的诉说、语调、气息刺激得我身体一阵阵战栗，我渴望更强烈的快感，便顺着他的话继续下去。

“好可怕的神灵。”

“我，就是犬神使。”

“犬神……使？”

“上小学时，我为了咒杀某人，不惜将一只喜爱的狗活生生埋在土中，只露出狗头，然后把狗食放在它眼前，使其垂涎，但不喂食。”

“太可怜了，明明眼前就摆着食物，却吃不到。”

是啊，太可怜了，这不就是此时的我的真实写照吗？明明令人陶醉的就在眼前，我却得不到，若即若离的微微快感让我在意乱情迷中慢慢变得焦躁，甚至几乎要发狂。

“没错，狗当然相当痛苦，但这个痛苦的过程是最重要的，待到痛苦达到极点、濒临死亡时，一刀砍下狗头，这样狗的魂魄才能附着在我身上，我才能成为犬神使，拥有驱使它的权力和能力。所以，沙保里，听好了，你绝不能背叛我，连背叛的心思都不可以有。否则，不管你逃到哪里，无论和谁在一起，犬神一定会去杀了你。”

“明白，我明白……”

我难受地不断弓起腰身，嘴里语不成句地喊着。

“航，差不多可以了吧……”

“不，还不到时候，痛苦还不够，我要让你难受，再难受……”

+

“太太……”

“塚太太……”

“蜂塚太太！”

欸？好像有人在喊什么。

沙保里右手支撑着疼得快要断了的腰身，慢慢回过头。

大堂管理处的年轻女接待正担心地看着她。

“蜂塚太太，您没事儿吧？”

“啊，没事儿，多谢。稍微有点儿走神了，刚才看门人和我说了一些可怕的话。”

“说的是可疑者的事儿吗？”

“嗯，是的，还有……尸体，死狗。”

女接待瞬间变了脸色，心有余悸地说：

“发现死狗的是我。”

“是吗？”

“嗯嗯，就是今早还不到八点的时候，太可怕了。狗头都没了。”

“狗头……没了？”

“是的。”

女接待的脸色越来越白，终于忍不住干呕起来。

“不好意思，勾起你不好的记忆。”

女接待用手轻轻捂着口鼻，赶忙说：

“没事儿，没事儿，您客气了。对了，蜂塚太太，这里有你的东西。”

“快递吗？哪里寄来的？”

一个单手就能拿起来的中号箱子，不是很重，寄件人栏里写着网购公司的名字。

我没订购什么东西啊？

是老公买的？

不，应该不是他买的，因为收件人写的是我的名字。

“啊，我知道了，肯定是那个东西。”

她想起千鹤子说的给网络公司写推文的事。

沙保里抱着盒子走向电梯。

回到家里，刚打开快递盒子，电话突然响了。

“沙保里。”

听筒里传来前同事奈绪的声音。

“奈绪，好久不见。你怎么打电话来了？还上着班吗？”

“现在是午休时间。你现在有时间吗？”

“有，但是一小时后要去幼儿园接小骏。怎么了，有事儿？”

“那个……”

“什么事儿啊，快说嘛。”

“最近，你身边有没有发生奇怪的事？”

“欸？为什么这么说？”

“我也是最近才知道的……”

“哎呀，别磨叽了，你到底要说什么嘛。”

“那个男人，半年前出狱了，提前出来了。”

沙保里脑子里“嗡”的一声，双膝不停打哆嗦。

“那个男人是……”

“河上啊，河上航一。”

沙保里像被电击了一样，浑身颤抖，腿一软直接坐到了地上。

耳边回响着一个声音。

“不管你逃到哪里，无论和谁在一起，犬神一定会去杀了你。沙保里，你记住了吗？”

快递难道是……

盒子里难道是……

一颗血淋淋的狗头……

沙保里惊叫一声，抱头蹲在地上。

有什么声音不停响着。

电话？

不能不接。

不接的话……

啊！那种感觉又来了，以前曾经出现过。是什么时候呢？那是……想起来了，是六年前。

+

听筒里传来的是母亲的声音。

“沙保里，现在方便接电话吗？”

“方便，我刚下班回来。怎么啦？什么事儿？”

“有人给你打电话，你看我这脑子，姓什么来着……啊，想起来了，姓藤本。”

“藤本？谁啊？”

“噢，她说跟你提美莎，你就知道了。”

“藤本？美莎？”

藤本美莎……虽然刚才一时没想起来是谁，但从记忆中搜索到这个名字后，她说话的语气、长相、遇见那次说的每一句话，甚至自己当时的姿态……一切蜂拥而出，清晰地出现在脑海中，画面中当然也有河上的身影。

我的呼吸有点儿急促起来，但还是尽力保持镇定，语调平稳地说：

“啊，美莎啊，我知道是谁了。她说找我什么事儿了吗？”

“没和我说具体什么事儿，只说让你给她回个电话。”

“她的电话号码是？”

“04……”

藤本美莎是那次参加广告公司主办的评选大会时认识的，当时互留了电话号码，但自那之后再也没见过。她怎么突然给我打电话？难道是在报纸、电视上看到了河上航一的事，临时起意联系我？除此之外，我再想不出她给我打电话的理由。

我拨通了母亲给我的那个号码，一个女孩儿接通了电话。

听我报上姓名后，她只“啊”了一声便再也不说话了，只听到隐隐的呼吸声。

我只好主动开口说：“好久不见啊。”

对方这才开了口。

“是啊，真的是好久不见了。”然后她迟疑地吐出一个名字，“河上航一……”

“欸？啊，你说的是最近那个话题人物吧，连续强奸未成年人的恶魔。”

“他就是那个人，那个广告公司的员工。”

我故意装糊涂。

“谁？”

对于我这种天生不会撒谎的人来说，实在是太难了。

“你忘了？就是那个天生自来卷的员工。”

“哦哦，你这么一说我想起来了。什么？那个强奸犯竟然是他？”

我继续装糊涂，但颤抖的声音连自己都骗不过。

如果我说出实情，美莎会怎么想？如果我坦白说自那次认识河上以后，我们一直交往至今，甚至在他出事后，我还是相信他，美莎会说什么？

“应该是，不，肯定是。虽然现在风格完全变了，但那张脸是不会变的，而且报道中也说，他就是原米尔斯乐队的成员。难道你没看报纸也没看电视？”

“我……最近工作太忙了，没关注那个事件。”

“那个……”

美莎突然又语塞起来，好像有什么事儿想说又不好启齿。

“那个，如果我说错了你别介意哈。你……河上，嗯……就是河上邀请过你吗？”

“什么？”

“啊，就当我什么也没说，不好意思。”

“到底什么事儿啊？”

“我……”

美莎的声音突然变小，有点儿模糊不清。大概是她怕人听到，用手捂住了话筒。

我的心也提了起来。

“怎么回事儿？你……和他有纠葛？”

“我，我被那家伙邀请过。”

“发生关系了？”

美莎不说话。

我不死心地连声追问。

“睡了？你和他睡了？”

“坦白说，睡了。原以为他是著名广告公司的员工，其实根本不是，他只是下面一个小承包公司的合同工。可是当时我也不知道这种情况啊，只想着说不定通过他能得到上报纸上电视的机会。那个年龄的女孩子大抵都会这么想吧。”

“还，还有其他女孩子？”

“当时那十五个人，虽不至于说全都吧，但至少有好几个都被他糟蹋了。你也是吧？”

胡说，我不信。假的，假的，假的……

他明明说只有我一个，明明说只爱我一个。

航，她在撒谎，对吧？你爱的只有我，对吧？

吧唧、吧唧、吧唧……

吧唧、吧唧、吧唧……

怎么回事？什么声音？刺激神经、让人反胃的声音，让人心慌，令人生厌的声音。喂，到底是什么声音？啊啊啊！

吧唧、吧唧、吧唧……

吧唧、吧唧、吧唧……

停，快停下来！

“不停，妈妈。”

+

小骏！

沙保里猛地回过神来，看到手中还拿着那个快递盒子，但一想到里面有可能是那个东西，便“嗖”地甩手把它扔了出去。

箱子咕噜咕噜翻滚着，里面的东西掉了出来。是一双拖鞋，还有一封拜托写推广文的请求信。

梦？难道刚才是一场梦？

电话响了。

沙保里看了看表，马上就要三点了。

“完了！幼儿园！小骏！”

沙保里的思维总算回归了正常。

她飞快地跑过去拿起听筒。

“沙保里？”

是须藤朱美。

“沙保里，你没事儿吧？”

“对不起，对不起，小骏，小骏呢？”

“我把骏骏领回来了，我们在公寓的儿童室，你过来吗？”

沙保里到了儿童室，竟然看到山谷、佐佐木、吉田还有朱美都在，她们正坐在长椅上说着什么。

孩子们还穿着幼儿园的制服，在蹦床上热火朝天地玩闹着，小骏也在其中。

看到沙保里走过来，山谷抚摸着颈上的珍珠贝项坠，微笑着打招呼。

“蜂塚太太，你好。”

朱美略显不自然地移开视线，轻轻低头，略带歉意地说：“不好意思，没经过你的同意就擅自把骏骏领回来了。”

“哪里的话，是我不好，实在是太感谢了。”

佐佐木奇怪地问：“蜂塚太太，怎么回事儿？接孩子，你可从来没迟到过。”

“啊，突然有点儿不舒服，就休息了一会儿，没想到一下子睡过头了。”

“怀孕早期，一定要多加注意啊。”

山谷边说边抬起下巴对着长椅点了点，示意沙保里坐下。

沙保里坐下来，看了看她们几个。

“怎么大家都在这里？”

听到她的问话，佐佐木抢先开口：“是这样，野口家女儿……”

佐佐木的语气太过严肃，沙保里不禁心跳加速。

“由加莉？她怎么啦？”

“得了很严重的心脏病。”

“啊？”

“好像是扩张性心肌炎，听说两岁时病发入院，治疗后恢复得不错，所以就出院了，然后正常进了幼儿园。”

“现在病情突然恶化，说是明天就要住院，说不定还得换心脏。”山谷接过话头。

“日本做不了心脏移植手术，听说要去美国。哎呀，这得要多少钱呢。”佐佐木重新夺回话语权。

山谷坐直身子，像要宣布什么似的。

“所以，我们不能坐视不管，商量着成立一个协会帮她募捐。”

“募捐？”

山谷铿锵有力地回答。

“是的。成立‘由加莉救助会’，在全国范围内展开募捐活动，比如我们可以举办慈善音乐会，还可以召集名人进行慈善拍卖，目标是筹集一亿日元。Noblesse oblige（贵族责任感）！帮助别人，是我们义不容辞的义务。怎么样，各位？”

对山谷的倡议，大家深表赞同，须藤朱美更是不断重复着“Noblesse oblige！ Noblesse oblige！”以示诚意。沙保里也赶紧拍手称赞。

最后，佐佐木做出总结式说明。

“我们想着尽快举办一个小范围的义卖会，所以就紧急在这里集合了。蜂塚太太，你一定会支持的吧？”

“当然支持了。”

接下来在山谷和佐佐木的主导下，大家继续商谈各种事宜。大约三十分钟后，意见初步达成一致，决定在本周末举办小型义卖兼动员会。

“场所……”

山谷停下来看了看沙保里和朱美。

“就在这栋公寓怎么样？顶层不是有个免费休息室吗？听说只要有一位是这里的住户就可以使用。”朱美小声回应。

“是的，不过得提前预约。”

“本周末的话，有点儿急，估计预约不上吧？”

“嗯，这周赶上三连休，说不定早就预约满了。”

朱美打断沙保里的话，起身请缨：“我去管理处确认一下。”

+

沙保里回到家，赶紧给千鹤子打电话。

“就是这么回事，所以本周的星期天晚上七点，我们要举办小型义卖活动。”

“义卖？”

“只在亲戚朋友间进行的义卖活动，每个人都要叫几个人过来。千鹤子，你能来吗？”

“由加莉救助会？能得到这么多人的关爱，是由加莉这孩子的幸运和幸福。好的，我明白了。九月十五日的话，嗯，我可以。带什么去好呢？”

“用不着的、不用的东西，什么都行。”

“但是，带不像样的东西肯定不行，大家一定都会带贵重的东西吧？”

“或……许吧。”

“明白了，那我带我家最值钱的东西去。”

“不用太勉强，有那个心就行了。”

“光有心意，怎么能筹到一亿日元？”

“这……说的也是。”

确如千鹤子所说，仅凭“心意”是筹措不到一亿日元的，必须广泛宣传，再加上足够的人脉资源以及过硬的组织能力，多管齐下才行。发起人山谷高调提出“Noblesse oblige”，但是那种高尚的道德又能起到多大作用？最终还是得用“钱”说话。

“要不，我再找找那些作家、艺人什么的？”

“不好吧，这又不是能惊动那些人的大活动。”

沙保里婉拒了千鹤子的提议，但忍不住又加了一句。

“不过，说不定最终还得找他们。”

“那先这样，星期天见。”

“等等。”

沙保里叫住欲挂电话的千鹤子。

“那个……我今天给你的稿子……”

“已经送去印刷了，明早小样就能出来。放心，我会再过一遍的。”

“还，还能撤回来吗？”

“为什么？”

“我还是觉得内容有点儿不妥，事已至此，那些事儿就没必要明说了吧？”

“没事儿，你又没明说是谁。而且，这个杂志又不是那种纯文学的文艺杂志，发行量不大，所以你不用想太多。”

“可是……”

“反正，撤稿是不可能的。明天从印刷厂运回来，星期六就正式发行了。如果现在叫停印刷的话，我们要赔偿的。”

千鹤子说的没错，我写的时候刻意做了模糊处理，可以说放之四海皆宜，应该没人往朱美和她老公以及山谷身上想吧。

不想这些没用的了，现在最重要的是义卖那天找谁来照顾小骏。

要不再麻烦依子？

沙保里考虑来考虑去，最终还是给依子打去了电话。

果然，依子爽快地答应了。

“这周的周日吗？好的，没问题，正好那天我也没有兼职。”

“真不好意思，前天刚麻烦了你。”

“客气什么呀，没事儿，没事儿。”

“那好，星期天晚上七点前来就行，我给你们做好晚饭。”

“好的。”

“那……”

沙保里欲挂断电话，没想到依子喊住了她。

“嫂子，等等。你认不认识一个姓‘河上’的人？”

听到“河上”这个姓，沙保里心里“咯噔”一下。

她努力压抑住狂跳的心，轻声问：

“怎么这么问？”

“前天，我去中野坂上的一家音像店借录像带，收银大叔对‘蜂塚’这个姓氏出奇地关心，说他认识的人中也有一个姓‘蜂塚’的，还说那个人是婚后改的夫姓。‘蜂塚’这个姓不是个小姓吗？所以我就想着他说的那个人是不是你？”

“那个人……是个大叔？”

“嗯，大约四五十岁的样子。”

“有多高？”

“不是太高，比我高一点，差不多一米七吧。”

“有没有一颗黑痣？脸上，在脸上。”

“黑痣？我还真没注意。”

“头发呢？”

“头发？有点儿花白，啊，对了，好像是烫发了，就是大妈们常烫的那种，满头都是卷儿。”

河上航一！一定是他！

沙保里佯装不知。

“我不认识那个人。那星期天就拜托了，拜拜。”

说着，急忙挂断了电话。

然而，各种声音在耳边纷繁嘈杂。

“今天早上，在停车场发现了一只死狗。”

“那个男人半年前出狱了。”

“嫂子，你认识一个姓‘河上’的人吗？”

“前天，我去中野坂上的一家音像店借录像带，收银大叔……”

中野坂上！

那个男人竟然离我这么近！

“无论你在哪里，不管和谁在一起，犬神一定会去杀了你的。记住了吗，沙保里？”

沙保里决定去中野坂上的那家音像店确认一下。

然而，小骏打乱了她的计划。

“妈妈！”

小骏，让开！妈妈必须得去一趟。

为什么？小骏，你这幅表情是什么意思？为何用这种表情冷眼看着妈妈？你为什么总是发出这种声音？

吧唧、吧唧、吧唧……

吧唧、吧唧、吧唧……

停！我不是说让你住手吗？为什么不听妈妈的话？为了你，我这么拼命，为了你，我牺牲了那么多，在你身上花了那么多时间。看看，看看我的门牙，有一颗是假的，都是你在我肚子里大肆抢夺养分，怀孕不久这颗牙就断了，还有我引以为傲的虎牙也掉了，头发就更不用说了，不仅失去了光泽，还大把大把地往下掉，体形也完全走了样。可是，我并没有在乎，一心想着只要你好好的，我怎么样都无所谓，然而你却总是拿这样一副表情对着妈妈。

怎么这么臭？不会吧？

难道你又拉裤子里了？

为什么要这样？你在幼儿园不是表现很好，都是自己乖乖去厕所的吗？

为什么回到家里就什么都不会了？

你到底什么意思？是故意让妈妈上火吗？

你就这么讨厌妈妈吗？

小骏，说话！

至少要对妈妈说个“对不起”吧！

快说！

“妈妈，去死吧！”

+

小骏，住手！

不要踢妈妈的肚子，不能打妈妈的肚子！

妈妈肚子里有小宝宝。

小骏，住手！

你这样，会遭天谴的，神仙在看着你呢！

“神仙？”

是的，神仙，谁做了坏事，神仙就……

“妈妈，你相信世界上有神灵？”

当然信了。

“撒谎！妈妈根本不信神，不仅不信，还讨厌神灵。”

小骏，不许说这样的话！

“人本来就讨厌神灵，憎恶支配自己、把自己关在牢狱的神灵，可是人又那么虚伪，偷偷把这种心思隐藏起来，藏得很深。”

住手，小骏！不要再打妈妈的肚子了！

“不停！因为我就是个‘罪犯’！”

快住手！出血了，宝宝要死了！

“再没有比妈妈更虚伪的人了，明明根本不想要肚子里的宝宝。”

胡说！我当然想要宝宝了，我是个妈妈啊，哪有妈妈不想要自己孩子的？

“这个世上到处都是狡猾隐藏自己欲望的伪善人，对我这样的罪犯极尽诅咒。我要在你们面前竖起映照恶念的镜子，让你们清醒认识到‘这就是你们刻意隐藏的东西’，然后你们这些道貌岸然的家伙将会在自己的欲望中觉醒，最终被欲望一点一点蚕食。”

这是说的什么混话？住嘴，小骏！

不要再说了！

感觉自己的双腿像是被一股大力往后拽着，沙保里猛地睁开了眼睛。

心跳加速，心乱如麻。

沙保里深深吸气、吐气，慢慢平静下来，转头四下张望。

是家里的卧室，自己正睡在床上，身旁是熟睡的丈夫。

床头柜上的表指向凌晨两点。

今天几号？九月十一日……星期三。

今天的安排？七点起床，九点送小骏去幼儿园，下午两点接他放学，然后去池袋的幼儿教室上三点钟的培训课，然后……完成星期四截稿的文章。

去一趟中野坂上……

想到此处，沙保里的双手不自主地抖动起来，一种莫名的不安和恐惧瞬间席卷全身。她拿起一个抱枕压在自己脸上，努力抑制住几乎要破喉而出的尖叫。

救救我，谁能救救我？

沙保里在抱枕下不停地低喊，泪流满面。

我该怎么办？

十

难以排解心中的彷徨和恐惧，沙保里拨通了千鹤子的电话。

“沙保里？怎么啦？”

“实在不好意思，这么晚给你打电话。”

“没事儿，我还没睡，刚结束工作。”

“要睡了吗？”

“呃，准备睡呢，刚换上睡衣。”

“对不起，打扰你休息了。”

“不要紧，说啊，什么事儿？”

“小骏他……”

“小骏？小骏怎么啦？”

“小骏……太可怕了！”

在寂静的深夜里，在无边的恐惧中，沙保里终于吐出了压在心底的这句话。

“欸？”

千鹤子的声音也凝重起来。

“我看到了小骏的将来。”

“什么将来？”

“他，他将会成为一个罪犯。”

“怎么可能？”

“他，他凌辱了一个又一个无辜的人，最后，最后连我都被他杀了。”

“沙保里，你……”

“因此，为了避免他走上那条路，我必须得好好教育他，所以我让他接受一流教育，让他在一个良好的环境下成长，不让他输在起跑线上，所以我才拼了命地为他选了现在这家精英幼儿园，为了小学能进名校，我才拼了命地让他接受考试培训……”

“我明白，明白你的心意和付出。是不是以前我说让你把小骏送到保育院去伤你心了，其实我没别的意思，只是觉得小骏上幼儿园，把你拖得太累了。”

“不，不是的，不是因为你说了什么。”

“沙保里，你的精神绷得太紧了，不要想太多。”

“我知道，我也努力不去想这些，可是控制不住啊，那种幻觉根本不会消失，岂止是不消失，最近频频出现，而且越来越清晰，那种讨厌的景象，我看得清清楚楚。”

“是心理作用吧？”

“心理作用？可是，千鹤子，你不是一直说我的特异功能是货真价实的吗？”

“这……”

“没错，我的确能看到不该看的东西。第一次发现自己具有这种灵异性是上初中的时候，我梦见父亲死了，结果第二天父亲真的死了，邻居大叔死的时候也是如此。”

“沙保里！”

“还有……”

沙保里突然停住了。

“怎么了？沙保里！你还好吧？”

“还有，那个人回来了。”

“那个人？谁？”

“是的，就是那个男人，那个罪犯！”

“谁啊？你到底说的是谁？”

“我跟你说过，结婚前我交往过一个男人。”

“嗯，你在文章中时常提到他。”

“是的，就是他，那个男人……”

沙保里强忍阵阵反胃，忍着揪心的疼痛，将河上航一的旧事毫无保留地和盘托出。

那是一段漫长的经历。

从认识到分开一共九年时间。

等沙保里倾吐完一切，已是一个小时后。

接下来是无尽的沉默。

听筒那边传来千鹤子紊乱的呼吸声。

千鹤子，求你，说点什么吧，鼓励我不要介怀，安慰我不会有什么事儿。

终于等来了千鹤子的声音，然而她说的却是……

“沙保里，你心里还想着那个男人吧？”

“不可能！”

沙保里气急败坏地挂断电话。

十

早晨。

沙保里拉着满脸不高兴的小骏走到公寓门口，遇到同样牵着儿子小手的须藤朱美。

沙保里的表情不大自然，她轻轻点头致意。朱美也疏离客气地点头回应。

自那日之后，两人几乎没再说过话，每次沙保里想给她打招呼，朱美都刻意躲开了。

然而，今天，朱美却主动开了口。

“那天的事……”

“啊。”

“请一定保守秘密，不要告诉任何人。”

“好，好的。”

“那只是他的小情趣，看着玩儿的。”

原来，让朱美不好意思的是她丈夫隐藏的那些露骨的成人杂志。难道她还没发现那个项坠？不，不可能注意不到吧。到底什么情况？沙保里试探地看了看朱美，但怎么也看不出她隐藏在精致妆容下的真实想法。

沙保里向她保证。

“我不会跟任何人提起那件事。”

这不是假话，关于成人杂志的事，沙保里在文章中只字未提。但不知怎的，她还是隐隐感觉有种负罪感，如鲠在喉，以至于她的声音微微有点儿颤抖。

听到沙保里这样说，朱美恢复了往日的精气神，嘴角弯弯，声音也明快起来。

“太好了，谢谢。其实我早想跟你说这件事，但实在不好意思开口。”

沙保里回之以微笑，但笑容明显有点儿勉强。她在心中暗自纠结，那篇稿子真的不能撤回了吗？

“沙保里，你脸色不大好，要不要紧？”

“啊，没事儿，没事儿，谢谢啊。”

看门人看到她们，恭敬地点头行礼。

“啊，是菅野。对了，他和千鹤子的事怎么样了？”

“还怎么样了，连影都没有呢。”

“也是。对了，千鹤子不是要来参加义卖活动吗，到时把菅野叫过去怎么样？”

“我们可不能自作主张，不是有规定吗，公寓的工作人员不得参加业主的活动。”

“得到您们的邀请，我感到无比荣幸，但是我们有工作规定，恕难从命。”

菅野小心翼翼地看了看周围，深深鞠躬致谢。

沙保里扬起下巴看着朱美，一副“看吧，我没说错吧”的表情。

朱美无奈地耸了耸肩。

“好吧，好遗憾呢。”

“不过，我非常支持这一善举，需要我叫些人过来吗？”

沙保里一听，赶紧接过话来，生怕他突然反悔似的。

“好啊，毕竟这次义卖只是亲朋之间的小型动员会，聚不起来多少人。”

“哦，是这样啊。我认识一位非常优秀的人，其实是我同学，人家可不像我这样没出息，干得非常好，人品也很好，他一定能为成功举办义卖助一臂之力。”

朱美来了劲头，急切地问：

“他是干什么的？”

“HOUSOU界。”

“HOUSOU界？广电系统的吗？哇，那可是对我们的活动太有帮助了！拜托，拜托，你可一定得把他请来啊。”

朱美没心没肺地笑着。

夫妻间都暗流涌动了，还有心思管闲事？可她满不在乎，就像什么事都没发生一样。

她自己都不放在心上，我一个外人瞎操什么心。想到这里，沙保里感觉横在喉咙里的那根刺一下子消失了，浑身说不出的轻松。旋即，心又沉了下来，她想起让自己苦恼不已的那个男人，还有小骏。

沙保里抓紧小骏的手走出公寓大门。

10

“今天，十四日，星期六……吗？”

蜂塚依子翻着日历，无意识地自言自语。

“真快啊，一星期又过去了。”

她关掉电风扇，把前几天借的《双峰》录像带装进包里，就这一会儿工夫，腋下已经汗湿了。

“今天又这么闷热。”

依子推开客厅的门，看到母亲坐在那里埋头做针线活。

“我爸呢？”

母亲听到动静，并没有停下手中的动作，只是抬头看了依子一眼。她眼中满是红血丝，桌子上摊着几本杂志，全都是登载沙保里文章的期刊。看来，母亲昨晚一定没睡，又翻来覆去翻看嫂子写的文章了。桌子上还是昨晚吃完饭的样子，剩饭剩菜都已经凝固了。

母亲看了看女儿的脸，像背台词似的干巴巴地说了一句：

“依子，今天气色不错。”

“是吗？”

“要出门？”

“嗯，有兼职。”

“还吃早饭吗？”

“来不及了，不吃了。”

“好吧。”

依子心中不满地嘀咕，问什么问，反正你又没做早饭。

“那我走了。”

依子在F基金会兼职，已经两年了。当时，父亲说总待在家里不体面，建议她出去找个工作，母亲一开始担心她的身体极力反对，但看她一天天闷在家里越来越消沉，便不再说什么，依子自己也想换个环境换换心情，就接受了父亲的建议。说是工作，其实就是干些端茶倒水的杂事儿，每天两点一线，从家到办公室，再从办公室到家，就像行走在沙漠中不知何处是尽头的蜿蜒小道上，枯燥无味。尤其是还要坐三十分钟的电车，光这段车程就让依子深感疲惫。

昨天下雨，依子又请假去了医院。一到下雨天，她就浑身僵硬得无法动弹。回家后按照医生的嘱咐，吃了常吃的那些药，然后卧床休息，可是头却一直昏昏沉沉的。

“我早就说过，你就不适合出去上班。”

是的，母亲说的没错。但是，总不能一直待在家里吧，同学们都离开家自食其力了，我总不能……

“说什么呢。没错，确实有不适合自立的女人，你不就是？我最清楚自己什么样，用不着你唠叨。你就觉得我待在家里最好是吧？”

接下来是不是又要说让我待在家里？

果不其然……

“当然待在家里最好了，你出去净碰壁，还受人欺负。你说你天天跟个闷葫芦似的，都是看恐怖片看的，再这样下去，嫁都嫁不出去。”

嫁人？我可没这想法。恋爱太麻烦，我只要像现在这样就好，看看喜欢的电影，读读想看的书，写写小说，偶尔出去打打工换换心情，这样不行吗？父亲都说了这样没什么不好，他还说有了孙子小骏，其他的都不放在心上了。

实在是太热了。前面大叔汗津津的胳膊屡屡碰到依子的上臂，依子想躲开一点，刚一扭身，电车突然剧烈摇晃了一下，旁边的人一脚踩到她鞋上，刚买的雪白的运动鞋上登时出现一片黄色的污迹。

看吧，离开家也不是什么好事，挨踩、受伤，即便千辛万苦到了工作单位，等待我的也是日复一日无聊的工作。上周干的什么来着？哦，是把作废的复印纸裁成一块块小纸片当记事纸条用，数不清裁了几百几千张。然后还干了什么？

想起来了，是在白纸边缘打孔。白纸叠在一起的话，打孔机打不透，只能一张一张打，也不知道打了几百几千张，反正是不停地咔嚓咔嚓。其他员工一会儿接电话，一会儿打字，一会儿接待客户，只有我一动不动地在那儿机械地咔嚓、咔嚓、咔嚓、咔嚓……今天还得继续咔嚓、咔嚓、咔嚓、咔嚓……啊啊啊，想想就头疼，又是无聊的一天。

依子出神之际，一不留神被人群挤下了电车，还未等她反应过来，电车载着一拥而上的人群呼啸而去。依子望着远去的电车目瞪口呆。

怎么办？要迟到了。

下一趟电车很快就要进站，如果能坐上的话，差不多还能卡点儿到公司。依子赶紧跑向队伍末尾，可拥挤的人群争先恐后地往前挤，也分不清哪儿是排头哪儿是队尾了。

被夹在人群中推过来挤过去，依子感觉自己像一根绷紧的线慢慢松弛，眼看着失去了所有张力，双腿也像突然撒气的气球那样扭曲哆嗦起来。她钻出人群，跳上自动扶梯，总算摆脱了这拥挤的人流。等她意识到什么时，发现自己竟然出了检票口。

这是一个从未来过的车站，看看车站悬挂的时钟，已经大大超过了预计时间，迟到是确定无疑了。算了，要不今天就不去了，反正有我没我，办公室里也没人在意。

依子找到公用电话，拨通办公室的电话，说是头疼再请一天假。接电话的是比她晚去兼职的一个女孩子，对方言不由衷地说着“请多多保重”。

那孩子心里肯定高兴坏了，终于不用再听烦人的咔嚓声了。说实话，耳边不停地响着单调刺耳的咔嚓声，也真够那孩子受的。

不用说别人了，我自己都烦死了。

好了，那就打道回府吧，这天热得让人难以忍受。

啊，对了，录像带，怎么着也得先去把录像带还了。

于是，依子向中野坂上走去。

音像店内，只有戴着“河上”胸牌的大叔一人值班。

河上认出依子，露出笑容。

依子不得不微笑回应。

“我来还录像带。”

“怎么样？找到罪犯的线索了吗？”

“什么？”

“杀害萝拉的凶手啊。”

“啊，没有，一点儿头绪都没有，反倒觉得谜底更深了，所以越发想看后续剧集。”

好香啊。依子扭头一看，收银台对面的小桌子上摆着咖啡和馅饼。

“我的早餐。哈哈，跟库珀警官学的，买了樱桃馅饼。”

“樱桃馅饼！看《双峰》时馋得我直流口水，那我今天也买回去尝尝。”

奇怪，我今天怎么这么能说，而且是面对一个素不相识的人，我不是从来不会主动与陌生人交谈的吗？可是，为什么看到这个大叔就莫名心动，为什么看到他那可笑的卷毛就莫名感到心安，忍不住想靠近他？

“是吗？不介意的话，分一个给你？我正好多买了一个。”

“哎呀，哪能这样。”

依子摆着手，退后一步。

“吃不了扔了可惜，我们不能浪费粮食，所以，别客气，拿一个吧。”

大叔说着，还拿起金黄酥脆的诱人馅饼往依子鼻尖凑。

好香，口水快要流出来了。

“真，真的可以吗？”

如果是平时，依子肯定会断然拒绝这种无缘无故的施舍，然而在今天这个大叔和蔼可亲的笑容里，她竟然迷失了自我。

好像早就预知会如此一样，河上已经把馅饼和咖啡摆放在了收银台上。

“这样不好吧？现在是营业时间。”

“不要紧，这个时间段不会有客人。”

于是，两人边吃边聊，越聊越投机，当然话题基本是围绕《双峰》展开的。

“大叔，你全都看完了吗？”

“嗯，看完了。”

“凶手是谁？”

“凶手？你想知道？那我告诉你吧……”

“啊，别，别，还是别说了。”

“是啊，最好还是自己去看。”

“可是，还得等多少天才能看上最后一集啊，不管哪家店都是借出状态。”

“嗯，我们店也是，全都借出去了。”

“是吧，我就说嘛。”

“不过，还有一个办法。”

大叔突然压低了嗓音。

“我可以把自己的借给你，放心，不赚你钱，和店里一样的价格。”

“啊，真的吗？”

“WOWOW[1]播放的时候，我全都录下来了。”

“好啊，好啊，请一定借给我！”

依子探出身子，激动得几乎要抱住大叔。

“不过，最早也得明天晚上，明天我上晚班。”

“明天几点？”

“晚上八点左右吧，那时店里就剩我一个人了，比较方便。”

1 WOWOW成立于1984年，是日本第一家收费民营卫星电视台，其节目以动画为主，不播放新闻及访谈类节目，此外也播放大量的电视剧、电影、足球和音乐节目。——译者注

“八点……吗？”

“你有其他安排？”

“嗯，明天晚上七点我要去姐姐家帮她带孩子。”

“亲姐姐？”

“啊，不是，是我嫂子。”

“你嫂子是不是叫蜂塚沙保里？”

“是的。咦？你怎么知道？”

“多有名的作家啊，而且‘蜂塚’这个姓太罕见了，所以我就想着可能是她。蜂塚沙保里的家在西新宿吧？熊野神社附近。我也住西新宿，不过是在八丁目的马球公寓。”

“欸？你怎么知道我嫂子家在那里？”

“她以前在文章中提到过，还配了一张照片，就是那个‘鹦鹉楼’。”

“鹦鹉楼？”

“啊，我们那附近的人都这么叫她家那栋公寓。要不这样，我上班前给你送过去吧。”

“哎呀，那多不好意思。”

依子嘴上这样说着，眼神却亮了起来，满眼期待。

“别客气，反正我上班也要路过鹦鹉楼，顺路的事儿。”

“是吗，那我就承蒙好意啦。”

依子掏出一张纸写上沙保里家的门牌号，递给了河上。

河上重新泡了一杯咖啡，似是不经意地说：

“蜂塚沙保里写的文章，每篇都很有意思。今天我上班前去了趟书店，发现一本刚到店的文艺杂志，看到目录上有蜂塚的名字就买了回来，刚才看了一遍，写得真不错。”

说着，河上把一本杂志拿到了收银台上。

+

俗话说，三岁看大，七岁看老。幼儿期的记忆能影响一个人的一生，这一时期被灌输的记忆不会消失，都积聚在无意识层中，说不定什么时候就会被唤醒。所以，父母必须重视这个年龄段孩子的教育。

今天发生了这样一件事。

因有急事，我把儿子托付给了住在同一公寓的A太太，没想到……现在想来，也不算是什么严重的问题，不过是小孩子的好奇心，想知道“那个箱子里装了什么”或者“那扇门里有什么”。但是，孩子的天真无邪往往无意中暴露出大人的秘密。

在好奇心的驱使下，两个小小冒险家在A太太家里翻箱倒柜，翻出来一个珍珠贝项坠。殊不知，这个美丽的珍珠贝项坠隐藏着一个不为人知的秘密，可以说这是一个见不得天光的项坠。

珍珠贝项坠的主人是谁？

有线索。

隐藏珍珠贝项坠的人又是谁？

同样也有线索。

所以，我仿佛看到前方风起云涌。

所以，我预感到暴风雨即将来临。

我不由想起小时候的相似经历。

那时我还在上幼儿园。

母亲丢失的一只珊瑚耳环引发了一场大骚乱。

以前在文章中提到过，我母亲是汤河原的艺妓，被著名演员M包养，M就是我的父亲。父亲每个月都会来汤河原看我们几次，每次来都会开着他那引以为傲的进口汽车带我和母亲出去游玩。有一次游玩回来，母亲忽然发现她的珊瑚耳环掉了一只，肯定是掉在车里了，于是赶紧给父亲打电话，没想到已经来不及。耳环被父亲的妻子发现了，就这样我和母亲的存在大白于天下。

就在当天，父亲的妻子跳上出租车直奔汤河原，手里赫然提着一把菜刀。

幸亏邻居报了警，才未发生伤亡事件，但是穷尽天下的笔墨言词也难以表述当时小小的我内心的恐惧。

恐惧已然深入我骨髓之中，你以为它消失了，可它不知什么时候突然就会冒出来，杀得我片甲不留。那是一种没有任何征兆，不分时间、地点，突然就袭来的恐慌。小时候的记忆当真是根深蒂固的。

所以，看到那个珍珠贝项坠，我不禁在心中暗暗祈祷。

祈祷A太太不要冲动，祈祷她哪怕被愤怒冲昏头脑，也能竭力控制言行。

一切为了孩子。

+

"这个A太太就是须藤吧？"

依子刚走出卫生间，就被母亲叫住了。

母亲手中拿着本杂志，正是依子从音像店借来的那本文艺杂志。拿回来后，依子只看了沙保里写的文章，就放在了客厅的报刊架上。果然不出所料，被母亲翻了出来。

“嗯，估计是须藤。”

依子无奈地耸了耸肩，心想还是被母亲看出来了。其实也不奇怪，文中虽然没有指名道姓，但那么明显的说明，只要是了解沙保里情况的人，一眼就能看出说的是谁。

“妈，你认识须藤？”

“嗯。以前接小骏放学时我们一起喝过茶。她不是和那个人住同一个公寓吗？挺好的一个人，年轻又可爱。”

母亲的声音中透着藏不住的兴奋。

“想起来了，想起来了，当时一起喝茶的人中有一个戴珍珠贝项链的女人。起初我不知道那是珍珠贝的，那个女的不停地炫耀珍珠贝怎么怎么样，我不想记也记住了。欸？那个女的姓什么来着，我这一时还想不起来了。”

母亲一边唠叨一边从架子上的抽屉里拿出记事本。

“我记得留了当时一起喝茶的那几个人的姓名和电话。你看我这脑子，叫什么来着？啊，啊，找到了！这个，这个，就是这个人，山谷！”

母亲像发现了宝藏的孩子似的欢呼起来。

“你说，山谷是不是也看到这篇文章了？”

“妈，你可别没事儿挑事儿啊。”

“没事儿挑事儿？”

“你可不能……”

“不会的，我才不会做那种事儿。不过，你就等着瞧吧，就算我什么都不做，照样会出大乱子的。哈哈。”

母亲说的没错，这篇文章一出来，势必会引发混乱。嫂子也真是的，怎么能写这种事儿呢？该说她不懂人情世故，还是思想单纯？难道嫂子想不到爆出身边人的丑事会让平静如水的生活掀起轩然大波吗？

明天晚上七点的义卖活动，文章中出现的人将悉数出现，须藤和山谷当然不会缺席。

或许情况未必如此不乐观，因为书店一般不会卖这种三流的文艺杂志，而且又是刚发行的，未必那么巧正好被当事人看到，除非有人故意……

依子回头看了一眼母亲。母亲还在那儿兴奋地翻着记事本。

她忍不住又叮嘱道：“妈，你可不能做煽风点火的事儿啊，千万记住。”

电视上开始播报天气预报。

画面照例是一幅天气图，上面显示台风即将来临。

母亲把手中的杂志往桌子上一扔，注意力集中到电视上。

“真烦人，又来台风。哎呀，明天就到关东地区了，看来强度还不小，这可怎么办呢？”

11

什么声音？

雨声？下雨了吗？

“是的。小沙保里，你终于发现了？雨一直在下呢。”

怎么办？我没带伞。

“小沙保里，你怎么总是一副漫不经心的样子，怎么如此迟钝？就不能稍稍竖起耳朵听听？听听风呼啸的声音，感受一下空气的流动，哪怕是稍稍有一些疑虑，也不至于不带伞呢。你没看到下雨？一直在下，早就开始下了。”

雨什么时候能停？

“一时半会儿停不了。”

那，我可以在这儿住下吗？

“当然可以。不过，听好了，你不能背叛我，不能不听我的话。不然，我会杀了你！”

+

沙保里从床上一跃而起。

又做梦了，又梦见了那个男人，河上航一。每次梦见他，都感觉他离自己又近了一步。

一直这样下去，自己会被噩梦折磨死的。

要不，和丈夫说说？

沙保里看了看身边扯着鼾声熟睡的丈夫，天真无邪的睡脸像个无忧无虑的中学生。意识不到身边的苦愁，相信明天会更好的纯真睡脸……

有点儿让人可恨。

但沙保里又非常羡慕丈夫对周遭的钝感。

以前追求轰轰烈烈的爱情，如今想要的只是一张床，一张能让自己不管面临什么样的恐怖和恶毒都能身心放松、安然入眠的柔软的床。

好想沉睡。

像丈夫那样。

“怎么了？”

丈夫像是梦呓般嘟囔了一句。

“啊，对不起，吵醒你了？”

“你睡不着？”

“嗯，在想明天的义卖，不知道该带什么去。”

“上个月打高尔夫的赠品，那套玻璃茶具可以吗？”

“我想起来了，还是法国巴卡拉的呢，拿它去应该不会掉价。啊，不行，你不是说要送给婆婆吗？”

“不用了，我妈也不懂它的价值，送给她还不如拿到义卖上发挥作用。”

“说的也是，那就拿那套巴卡拉吧，其他再拿点儿什么好呢？对了，去年你去伦敦出差时不是买了一条巴宝莉的围巾吗？是不是还没用过？不然就……”

没听到回应，沙保里扭头一看，丈夫已经再次沉入了睡眠。

沙保里有点儿恼火地转身翻到床边，背对着高低起伏的鼾声。

明天一起床先去储藏室找茶具，然后……

唉，又将是忙碌的一天。

十

“哎呀，这个竟然在这儿呢。”

沙保里惊呼出声，手中拿的是成人式时拍的照片。

“讨厌，那时那么胖吗？”

照片上的沙保里身穿长袖和服，肉嘟嘟的脸上笑开了花，充满年轻的朝气。唉，多吃点还可以长胖，但这吹弹可破的肌肤是再也寻不回来了。想想那时，成天为自己再也不是十字头的年纪而焦躁，现在再看，二十岁，多么年轻啊。当年，为何那么焦虑，又在害怕什么？如果当时不是那么情绪不稳，又怎会傻傻地全身心依赖河上呢？

拍摄这张照片的时候，正和河上同居在川崎的公寓。当时一心沉迷在对河上的爱恋中，连成人式都忘记了。母亲看着我的状态担心不已，于是强行把我拉到照相馆拍了这张照片。

“不参加成人式也就罢了，但照片还是得拍一张。”

身上的和服是母亲的，艳丽的牡丹花开满全身。

“真美呀，小沙保里。果然人靠衣裳马靠鞍。”

“讨厌，怎么说话呢？”

“不然就穿着这身衣服睡吧，怎么样？”

“不行啊，会把衣服弄皱的。”

“不会的。”

“不行，不行啊……”

“口是心非，你其实是愿意的吧。”

“不行，航，航……”

沙保里心虚地看着四周，像个做恶作剧怕被抓现行的小孩子。

储藏室里没有别人，只有她自己，依稀听到儿童房里传来小骏和爸爸说话的声音。

“天呐。”

沙保里忍不住一阵恶心。

“我疯了吗？”

巴卡拉，对，我是来找巴卡拉茶具的。

沙保里挺起酥麻无力的腰身。

可是，怎么也找不到那套茶具。

算了，还是让丈夫找吧。必须赶快准备准备出门了，快到义卖商谈会的预定时间了。

商谈几点能结束？大家约好两点在高野甜品店见面，正常的话，差不多三点能结束。不过，吃着点心和水果，估计聊着聊着就拖到三点半了，然后几个人去伊势丹商场采购饮料和小点心。酒席由朱美负责，她应该都安排好了吧，等餐饮公司送过来差不多也得六点了。然后，然后……哦，对，还得准备好宴会上要穿的礼服。

义卖结束后，还得熬夜把明天要交的稿子赶出来，就是网购公司寄过来的那双拖鞋的相关推文。商家宣扬这款拖鞋不仅能矫正身姿、放松肩颈，甚至还能减肥，其实就是一双普普通通的拖鞋。我现在正穿着，并没有感受到宣传的那些效果，但是售价居然高达三千日元。更夸张的是，要求我强调说明常穿这双拖鞋连人生都可改变，还要讲明是我主动购买的，深切感受到它的益处才推荐给大家。真是睁着眼说瞎话。唉，没办法，这就是商业炒作。

天天忙，今天尤其忙。不仅仅是今天，明天还有采访，后天又要开会，大后天又有两篇稿子要交……

啊啊啊，忙死了。

下午一点半，我正准备出门，口红涂到一半，电话响了。

“啊，山谷太太，你好。我正准备出门呢，差不多一刻钟就到甜品店。”

“今天的商谈，我就不参加了。”

“欸？怎么啦？”

“我看了那本文艺杂志。”

“文艺杂志？”

“登载您写的文章的那本杂志。”

“啊，你说那个啊。”

她这么说，我想起来昨天是那本杂志的发刊日。

“我可得要谢谢沙保里太太您呢，是您让我终于知道丢失的那个项坠在哪儿了。”

沙保里感到额头、手心冒出细汗，她换只手拿着听筒。

“那，那个，朱美……须藤太太她……”

“须藤太太？不就是那个A太太吗？”

震惊之下，沙保里不由得身子一趔趄，右脚上的拖鞋滑脱出去。

“不是的，不是……”

沙保里试图解释，对方已经“嘭”地挂了电话。

怎么办?

不知是紧张，还是天气真的热，腋下的衬衣被汗水濡湿了一片。

沙保里懊悔不已，当时坚持把那篇文章撤回来就好了。

怎么办?

要不要给须藤打个电话?可是打了电话，又能说什么?怕是会惹出更大的麻烦吧。

草率的行为只能加剧事态的恶化，此刻静观其变才为上策。算了，一切都交给时间吧，时间能解决一切问题。

时间?啊，几点了?

完了，要迟到了，必须出门了。

因为右脚上的拖鞋滑脱，沙保里一时竟然迈不开脚。

就在此时，电话又响起来。

突然响起的铃声惊得沙保里一哆嗦。

她战战兢兢拿起听筒，这次传来的是一个不熟悉的声音。

“您好，我是公寓管理员，请问您现在方便接听电话吗?”

“请说。”

“今天早晨，公寓内又出现了动物尸体。”

“啊?”

“监控这次捕捉到了嫌疑人的身影。”

“哦。”

“所以想请蜂塚太太过来辨认一下。”

十

“欸？你不是两点开商谈会吗？”

丈夫领着小骏回来，看到沙保里还在家里，像尊化石呆呆地站在电话机前，右脚的拖鞋翻倒在不远处的地板上。

“我不参加商谈了。”

“为什么？”

“山谷太太不去了。”

“出什么事儿了？”

“不知道。”

“义卖还是得去吧，找到茶具了吗？”

“没有。”

“奇怪了，能放哪儿呢？”

“你去找吧。还有，你自己去义卖现场吧。”

“欸？为什么？”

“我，我有点儿不舒服。”

“那我也不去了。我一个人去，算怎么回事儿。”

“不行，我们家必须去一个，不然会落人话柄的。”

“说的也是。”

吧唧、吧唧、吧唧……

吧唧、吧唧、吧唧……

“小骏！不许那样！”

沙保里扬起手。

“停！停！不能再吃手指头，你什么时候才能改掉这个毛病？！”

不能放任不管，不然就成了毛病。不行，打也得给他打过来。

吧唧、吧唧、吧唧……

吧唧、吧唧、吧唧……

“叫你停下，没听见？”

沙保里一拳头打过去，正中小骏右眼，眼皮开裂，鲜红的血顺着小脸流成一条线。小骏却好像不知道自己身上发生了什么一样，不哭也不喊，只是抬起头愣愣地看着母亲。

“啊，对不起，对不起，小骏，是妈妈不好，对不起，对不起。”

沙保里把小骏拥进怀里，温热的血腥味直冲鼻尖，她不由得收紧了抱着小骏的双臂，然而小骏依然没有任何反应，不哭不喊，只是一动不动地盯着天花板的某个方向。

吧唧、吧唧、吧唧……

吧唧、吧唧、吧唧……

沙保里条件反射般地把小骏猛地推了出去。

小骏踉跄了几步，慢慢歪倒在地板上，还是刚才那副眼神，直勾勾地看着沙保里的脸，嘴里吐出几个字——

“去死吧！”

+

“你听，风更大了。”

母亲唠叨得让人心烦，想方设法地想把依子留在家里，她就是不想让女儿去儿媳妇家。

“没事儿，天气预报都说了，台风不会直接在这里登陆的。”

依子把小骏喜欢看的录像带塞进包里。

必须赶紧了，跟嫂子约好七点之前到。

六点十五分，依子接到了沙保里打来的电话。

“嫂子，我正要出门，肯定能提前五分钟到。”

“依子，你不用过来了。”

“啊？那谁照顾骏骏？”

“不用了。”

“怎么回事？”

“我，我突然有点儿不舒服，就不去义卖现场了，你哥他自己去。”

怎么会这样啊，一直期盼着和小骏一块看电影的，依子泄气地把书包扔在地板上。

啊，差点忘了！

“嫂子，七点钟，有人去送录像带。”

“录像带？来我家吗？”

“是的。你能帮我收一下吗？改天我过去拿。”

“好。”

“还有……”

未等依子说完，电话便传来“嘟嘟嘟”的忙音。奇怪，嫂子今天怎么了？她向来都是等对方先挂断才放下电话的。

出什么事儿了吗？现在想来，嫂子的声音也和以往不同。

低哑、迷茫、不安。

母亲从卫生间出来，追着依子问：

“谁来的电话？”

“嫂子说今天不用我去照顾小骏了。”

母亲像打了胜仗一般，傲娇地“哼”了一声。

“我就说嘛，这种天气怎么能出门。”

雨点“啪啪”地打在窗户上。

“啊，好像真的要来台风了。”

这种时候，说点有关天气的话是最佳选择。每到和母亲无法再聊下去的尴尬境地，依子都庆幸生在了一个气候多变的国度，好歹还有话题可找。

母亲在沙发上坐下来，冷不丁地冒出一句：

“你知道什么是感应遗传吗？”

“感应遗传？”

看到母亲手中的杂志，依子一下明白了，这本时尚杂志肯定登载了嫂子的文章。看样子是最新一期，也不知母亲是什么时候买回来的。

“感应遗传就是先前交配的父兽的特性能遗传给同一母兽与其他公兽交配所生的后代，也就是说一匹母马一旦与杂种马交配，哪怕只有一次，之后再与血统纯正的公马交配生下的小马，严格来讲不能算是纯血马。”

“不可能，哪有这种事儿。”

“是吗？我怎么觉得有这种可能呢。”

“没有，没有，完全是愚蠢的迷信。”

依子迅速捡起地上的包，丢下一句“我去看录像了”，便快步离开了客厅。

十

吧唧、吧唧、吧唧……

吧唧、吧唧、吧唧……

住手，小骏！不准再嘬手指！

吧唧、吧唧、吧唧……

吧唧、吧唧、吧唧……

为什么不听妈妈的话？就这么不喜欢妈妈吗？

吧唧、吧唧、吧唧……

吧唧、吧唧、吧唧……

妈妈知道你生气了，对不起，刚才对不起，妈妈只是不小心，没想到把你打伤了，对不起，小骏，是妈妈不好。

吧唧、吧唧、吧唧……

吧唧、吧唧、吧唧……

小骏，你要当哥哥了哟，妈妈肚子里有了小宝宝，你要听话做个好孩子，要做好榜样哦。

吧唧、吧唧、吧唧……
吧唧、吧唧、吧唧……

小骏，妈妈已经精疲力竭了，你不听话让妈妈无计可施，须藤和山谷的事让妈妈坐立不安，还有一堆截稿日期逼近的稿子，还要违心大赞特赞那双一无是处的拖鞋……妈妈不得不做的事太多了，你就别再给妈妈添乱了，好吗？

吧唧、吧唧、吧唧……
吧唧、吧唧、吧唧……

妈妈也不想撒谎，不想瞎写，可是没办法啊，因为妈妈必须赚更多更多的钱才能保证我们现在的生活，不然连房租都付不起了。还有你的将来，如果现在不让你上一流幼儿园，等将来进入社会，你永远不会有出人头地的日子。你要知道，那些大公司里都分帮分派，能否挤进势力最强的派系，取决于你是否出身一流幼儿园，哪怕后来上的是一流大学也不管用。也就是说，能否登上金字塔的塔尖，你出身的幼儿园起到非常重要的作用。听上去很不可思议吧，可这就是现实啊。如今，我们之所以能住上这么豪华的房子，某种程度上也算是令人羡慕的对象，都得益于我写文章赚来的稿费。这是运气比较好，文章被采用了，但不会永远这么好运的，不知道什么时候这种好运气就耗光了。不，妈妈清楚，这种好运马上就要消失了。妈妈已经预见到我们的未来，再这样下去，我们会变成凄惨的丧家犬，你也会走上邪路。妈妈脑子里频频出现这样的幻觉，所以妈妈才拼命努力。你爸爸是个神经大条的人，一点儿危机感都没有，妈妈只能一个人拼命地负重前行，不敢有丝毫懈怠，为了你的将来，为了你能接受优质教育，为了维持我们如今的生活。所以，妈妈违心地什么都写，曝朋友的黑料，晒家人的丑事，都是为了赚钱啊。

妈妈这样做都是为了你，为了你的将来。

妈妈是爱你的，妈妈希望你明白这一点。

所以，小骏，妈妈求求你，乖乖听妈妈的话，好不好？

不要再让妈妈身心疲惫。

小骏，妈妈求你了……

至少让妈妈睡上一觉，好好睡上一觉。

“安心睡吧，有我陪着你。”

+

谁？

沙保里蓦地折起身子。

四下看看，熟悉的卧室，熟悉的床，熟悉的罗兰爱思床单。

沙保里无力地跌坐回床上。

几点了？

义卖……

对了，依子说好过来的。

啊，不对，我不去参加义卖活动了。

山谷怎么样了？须藤又怎么样了？

千鹤子。啊，对，得赶紧联系千鹤子。

对了，还有录像带，有人要送录像带来。

欸？怎么回事，怎么这么黑？小骏，小骏在哪儿？喂，开灯，打开灯！

阻止、谩骂

挡不住靠近你的心

明知是一场错爱

却义无反顾、一往无前

爱你、爱你、爱你

爱到恨不能杀了你

怎么回事？怎么传来这首歌？梦？幻觉？停！我讨厌这首歌！停！停！

怎么回事？你怎么在这儿？航，是你吗？

爱你、爱你、爱你

爱到恨不能杀了你

撒谎！你从来没有爱过我，你只爱你自己。你忠实的只是你的欲望，你只想成为别人的支配者，只想成为高高在上的妖神。你睁大眼睛看看，好好看看你在哪儿？看似山水齐全、绿意盎然，其实不过是一个小小的盆景盒子，只是你自己用纸糊的一个囚笼。你无情地把像我这样愚蠢的少女关在里面，自己乐不可支、自欺欺人地充当统治一切的妖神，时时侵犯弱小的孩子。

渣男，卑鄙无耻！我为自己竟然爱过这样的你感到羞耻！

不要过来，不要靠近我，不要碰我！

不要！

第三章

二〇〇六年，混乱

12

浑蛋！渣男！不要过来，不要靠近我，不要碰我！

不要！

是的，沙保里，你说的没错。我躲在绿意盎然的矮小箱子里，放任无边的欲望和懈怠，妄想自己就是这个世界的支配者，感受着幸福和满足，心无旁骛地享受欢愉的快感而不管这些孩子的将来会多么残酷。

是的，沙保里，你说的很对，我只是躲在这个矮小箱子里游戏人生。但是，整个世界不就是一个箱子吗？反复无常的神面带掌控一切的浅笑，俯视着箱子中每日每夜不停上演的一切可笑，不怀好意地晃动箱子，扬起弥漫着各种罪恶的迷尘。

我们呢，竭力挺起短小的身子仰望高高在上的神灵，然而强烈的逆光遮挡了我们的视线，哪怕手搭凉棚眯着眼睛仔细看，却依然连逆光中的白色轮廓都看不到，更意识不到那个轮廓已经在箱子中投射下了影子。

影子蔓延之处，折射出浑浊淫靡的未来。然而，箱子里的囚犯却对此一无所知，可笑地以为是自己的思想，以为是自己内心中恶念的觉醒，于是不遗余力地摆出一副叛逆者的架势。白色轮廓憋住内心的狂笑，忍不住要戏弄一下愚蠢的囚犯，便从逆光中挺身出来投下清晰的影子。

如果说白色轮廓是神，那么投下的影子就是恶魔。

或许一开始会看不惯，但只要我们摆脱不了箱子的囚禁，那么终有一日我们将开始自相残杀。密密麻麻的寄生虫钻出宿主的身体，争先恐后地爬上其他宿体，妄想羽化登天。但是，终究不过是一座虫塔而已，论重量连小小的一粒砂砾都比不上，不费吹灰之力便可将其摧毁，但也不可否认其中会有侥幸实现目的的家伙。

然而，这并不代表着寄生虫能成为支配者。寄生虫虽然可以夺取宿主的体力，但绝不可能消灭宿主取代其地位，因为宿主的死意味着寄生虫自身的亡。

总之，我们逃不脱箱子的囚禁。就像孙悟空一样，无论怎么闹，永远逃不出如来佛的五指山。

我们在箱子里出生、苟延残喘，最终又将在箱子里死去。这，就是我们的宿命。

所以，去死吧！

13

咔！

好像是从遥远的天际传来的一道声音。是神的旨意？还是理性的声音？

可是，我无法停止，也不能停止，我要亲手结果她的性命。

“去死吧！”

十

“来人，快制住他！要出人命了！”

MASAKI被人从女人身体上掀下来的时候，已经离那声“咔”过去了一段时间。

女演员翻着白眼，痛苦地呻吟着，脸色通红，脖颈上赫然出现了一道红印，好像被抽去了全身的气力，无力地瘫倒在地板上，短裙被掀到腰间。

MASAKI低头看着这幅香艳的画面说道：“我去去就来。”

他接过助理导演递过来的浴巾围住下身，丢下一句话匆匆离开摄影棚，一个像是助理的年轻男孩儿慌忙跟了上去。

女演员摇摇晃晃地站起身，愤愤地埋怨。

“搞什么啊！差点要死在他手里了。”

继而又瞪大眼睛，一副难以置信的语气。

“那家伙竟然来真的？！”

站在一边负责宣传的宫野圣子心中窃喜，多亏这样才能拍到如此真实自然的画面。当然这些话不能说出口。

女演员还在余怒难消地抱怨。

“最讨厌强奸戏了，还是这种几乎被弄死的角色。这个新人究竟是干什么的？谁把他找过来的？”

圣子心中暗道：别说你了，我也想知道啊。

她朝摄影棚一角的某个人看了一眼，那个人是自由制片人大仓悟志，一成不变的形象，油光可鉴的大背头、阿玛尼西装，还有透着精明和计谋的微笑。名义上他是制片人、联合制作委员会中的电影公司的董事，实际上，这部电影是他投资的。

大仓悟志比圣子年长三岁，今年三十八岁，如此年轻却已在多个领域做出傲人的成绩，从偶像明星到电视剧，再到书籍出版，甚至食品行业，可偏偏在电影方面似乎不那么走运。虽然制作出品了五部电影，但都反响平平，听说他曾明确表明“再也不碰电影了”，但这次却提议把俗称“鹦鹉楼惨剧”的事件搬上大荧幕。

圣子对此深表不解。

大仓曾给出这样的解释：

“‘鹦鹉楼惨剧’凶杀案今年九月就到诉讼时效了，警方一般会对临近时效期的案件进行多方报道，所以即便影片拍出来评价不高，起码这个话题热度能提高我们公司的知名度，你说上去哪儿去找这么好的机会？”

只是因为这个原因吗？

昨天，大仓又说了这样一番话：

“其实，我见过受害人蜂塚沙保里。那时我刚开始做自由集稿人，参与某杂志的创刊期间曾经采访过沙保里，没想到采访后还没过一星期她就出事了，所以我一直非常关注这个案件。”

只是因为这个原因？

显然不能让人信服。

MASAKI是大仓从上野的夜店找来的一个男人。

说实话，分配给MASAKI这样的角色实在不合常理。首先，他是一个没有任何名气的新人，最主要的是他的年龄显然与所饰演角色的经历和心理历程不相配。他饰演的“河上航一”是“鹦鹉楼惨剧”的罪犯，当时已经四十一岁，而MASAKI今年才十九岁。影片中的确提到了年轻时的河上航一，当年他曾是米尔斯乐队的成员，如果让MASAKI饰演演唱乐队那首经典歌曲的青年河上航一的话，或许会让人眼前一亮，但是让一个十九岁的青年饰演一个四十一岁的变态罪犯，不管怎么说都让人觉得违和。

然而，最近MASAKI的出色表现却频频令人反思自己迂腐的先入为主思想。

MASAKI虽然是个无名小卒，但却极具表演天赋。为了角色需要，他短时间内减了二十斤体重，还不惜拔了牙、染了头发，不用特地化妆，便是活脱脱一个四十岁颓废男人的形象。

不得不承认，他的演技也不容小觑，尤其是作为一个没有演过戏的新人，越发衬托出表演的真实自然和爆发力。

这部电影一定会火。

而MASAKI，这个新人也一定能一夜成名。

或许，这才是大仓悟志的真正目的。

“圣子，你觉得今天的戏如何？啊，我这么问，你不会认为是性骚扰吧？”

听大仓这么说，圣子忍不住抽了抽嘴角，但她还是笑着说：

“如果是其他人，我一定会告他。不过，你说出来，丝毫不会让人往那方面想。”

“嗯？怎么说？”

“因为大仓先生给人以安全感呗。”

听圣子这么说，大仓面不改色地抬手捋了捋自己的大背头。

圣子瞥了他一眼，继续说道："画面让人作呕，中间我好几次都想惊叫出声，甚至想逃出去。实在太可怕了，我都有心理阴影了。"她一口气吐出内心的真实感受，然后话锋一转，"不过，这就是你想要的吧？如果是这样的话，那么镜头堪称完美。"

大仓脸上浮现出满足的笑容。

"这部电影一定能火，宣传工作就拜托你了。"

"那是自然，本来就是我的工作嘛。既然我们界传社是联合制作委员会的一员，当然会不遗余力地做好分内事。对了，虽然还有点儿早，但还是请你给我一份MASAKI的详细简历。"

"不是已经告诉你了吗？"

"你只说了他的年龄。光这个怎么能行？本名、出生日期、出生地、毕业学校、之前的经历等都得有啊。还有，为什么取了'MASAKI'这个艺名？"

"一切都交代清楚还有什么意思，神秘、神秘，要保持神秘哟。"

"可是……"

"淡定，淡定，我会告诉你的，很快哟。"

大仓忽然敛去笑容，眼神凛冽起来。圣子顺着他的视线望去，看到用浴巾围着下半身的MASAKI，还有一个年轻男孩儿。那个青年长了一张娃娃脸，个子瘦小，看上去像个少年，这些天一直待在MASAKI身边，形影不离。

"他是MASAKI的小助理？"

“不，是他朋友，听说从小一起长大。”

“是……吗？”

大仓突然冒出一句：“我让MASAKI写了自传。”

“欸？”

“已经开始写了。等写完，用邮件发给你。”

“好，好的。”

“希望你能利用它取得理想的宣传效果，至于用什么方法，你自己决定。”

难道大仓的意思是让我用出书，或者让人故意爆料，或者两者相结合的方式将MASAKI推向市场，吸引民众的目光？管他什么意思，总之，千方百计营销MASAKI就是了。

“啊啊，累死了，累死了。”

圣子回到位于东银座的界传社时，已经晚上十点多了。

她把路上买的百吉饼和咖啡往桌上一放，便急急忙忙打开了电脑。

这几天，只要一有空，她便在网络上不露痕迹地挑起有关这部电影的话题，虽然她自身不是很喜欢这种隐性营销策略，但不得不承认效果出乎意料的好。现实就是这么不可思议，小道消息往往比大张旗鼓的宣传更有效，更能引起民众的关注。今天早晨，她又在网上发了一篇关于电影的帖子，现在急于看看有什么反响。

她一手拿着百吉饼，一手操纵着鼠标。

+

谁能告诉我“鹦鹉楼惨剧”到底怎么回事儿？

就是喜欢八卦　06/05/17　08:25

1991年9月15日，西新宿某公寓发生了一起凶杀案，俗称“鹦鹉楼惨剧”，谁能讲讲到底是怎么回事儿？听说凶手还没抓到，是真的吗？据说当时引起了巨大的轰动，有知道详细情况的吗？据说那次事件要改编成电影了，今年就能上映呢。

爱管闲事的家庭主妇　06/05/17　09:19

要拍成电影了？我知道那件事，当时我家就住在西新宿十二社的一栋旧公寓。那天有台风，我正在家里看电视，突然外面传来警笛声，一会儿就在我家附近停止了。我走到窗前一看，来了好几辆警车，后来还有警察到我家来询问呢。不过，具体什么情况，我不了解，好像有两三个人被杀了。

报社的社畜　06/05/17　13:22

我找到了当时的第一报道。

15日晚上8时左右，警局接到东京都新宿区西新宿十二社某公寓管理员的报警电话。新宿十二社分局的警员迅速赶到现场，发现该公寓某户的客厅里，一男一女倒在血泊中，初步查明为持刀杀人。该分局随即定性为刑事案件并展开调查。据现场调查，该业主家里没有被翻动的痕迹。

（《东西报》报道）

过路人　06/05/17　15:23

报道中只提到一句被刺身亡，但现场那是相当惨烈啊。男受害人和女受害人都是身中数刀，内脏都流出来了。听说案发公寓还是价值上亿的豪宅。

游客　06/05/17　16:16

被害人A和B是夫妻，而且妻子B还怀有身孕。

旁听者　06/05/17　17:24

什么？难道是三角关系？情杀？

无名的权兵卫　06/05/17　17:50

应该是情杀。因为被通缉的凶手是女受害人的前男友，而且有犯罪前科，刚出狱就来杀人了。女受害人好像是个随笔作家，当时还挺有名的，所以媒体才会连日持续报道。

泡沫时代的小白领　06/05/17　18:15

女受害人是蜂塚沙保里，整天写一些浮夸的文章，张口闭口香奈儿怎么怎么，爱马仕怎么怎么。

怀念　06/05/17　18:46

啊啊，我知道蜂塚沙保里。我还买过她的随笔集，叫《梦想与钻石》，写得挺有意思，不过后来的文章就不行了，净是丑化别人的内容。

游客　06/05/17　19:06

《梦想与钻石》？哈哈哈，这名字真的好浮夸。案发公寓为什么被叫作“鹦鹉楼”？这是它的本名吗？

西新宿土著　06/05/17　19:22

那栋公寓的原址本来是一栋名为“鹦鹉楼”的西式建筑，所以当地人习惯把那栋公寓叫“鹦鹉楼”。

神秘小子　06/05/17　20:37

我好像在“神秘大揭秘”的论坛看到过，当年那座名为“鹦鹉楼”的西式建筑内就发生过杀人事件。这是摆脱不了的魔咒？还是凶手是同一个人？

游客2　06/05/17　20:56

这么说，那个凶手逃跑了，一直没被抓住？很快就要过诉讼时效了吧。

报社的社畜　06/05/17　21:06

是的，今年9月份时效期就届满了，警方正在做最后的努力，到处张贴通缉犯的照片，通过一切途径宣传，上个月某杂志还公开了当年的一部分调查记录。话说，案发公寓现在是什么情况？

神秘小子　06/05/17　21:37

凶杀案发生不久，又赶上泡沫经济破灭，住户都搬走了，现在是空置状态，成了名副其实的“鬼屋”。经常有年轻人打着试胆的名号来寻求刺激，一个劲儿地瞎闹，不是乱涂乱画就是玩火，经常引发火灾。不过听说最近要拆除了。

失业的穷小子　06/05/17　22:09

什么，拍成电影？楼主是电影公司的人吧，停止你这无耻的宣传手段！

+

“啊，被看穿了！”

圣子咬了一口百吉饼，不由得苦笑起来。

同时，还有一点小小的遗憾，那起凶杀案当时闹得那么轰动，没想到现在网上的反应竟然这么平淡。

圣子当年还是个二十岁的大学生，她清楚地记得当时电视上还专门做了特辑，一连几天进行连篇累牍地报道。然而，当年泡沫经济崩塌，其实那年春天时经济状况已经开始恶化了，只不过数月之后普通民众才切实感受到经济的不景气，于是年末开始，暗示经济发展将会长期停滞的各种新闻报道开始满天飞，西新宿高级公寓的凶杀案很快就被人们遗忘在脑后。现在想来，别说其他人了，自那之后，圣子都从来没再想起过那起事件。

圣子叹了口气，自言自语道：“这样不行啊，必须再想想其他办法。”

她找出交情比较好的村木里佳子的邮箱地址。村木是月刊综合杂志《世界》的编辑，一个努力进取的热血青年，论坛上提到的“鹦鹉楼惨剧”相关调查记录在杂志上公开的事，就是她的大手笔。其实，她起初对那个案件并不感兴趣，但是在搜集案件信息的过程中越来越感兴趣，越来越放不下，后来也不知道她从哪儿获取到部分本来属于绝密的警方调查记录，并刊登到了自己负责的杂志上。尽管她没有明说，但估计以后还会继续报道“鹦鹉楼惨剧”的消息，毕竟她曾坚定地表示“在诉讼时效届满前，要用文字的力量揪出凶手”。圣子虽然对村木里佳子依然相信“文字力量”的热情不置可否，但确信这个人将会成为她的最佳搭档。

圣子在邮件中没做任何铺垫，只写了“后来，你又查到‘鹦鹉楼惨剧’凶手的信息了吗”这样一句话，便按了发送键。

按照村木里佳子的行事风格，收到这样的询问邮件，哪怕现阶段没有任何相关消息，她必定会积极主动去寻找新线索。

圣子每天都期待着村木的回复，一周内连续发送了几封这样的邮件。

圣子感到深深的疲惫。

以往，这种程度的加班根本不在话下，甚至反倒会像终于等来正式登台表演一样精神饱满，干劲十足。然而，在即将迎来三十五岁的当下，她感觉不管是体力还是精力都急剧下降，越来越力不从心。

她歪倒在椅子上，全身松懈下来。

“啊啊，累死了。”

或许声音有点儿大，惹得斜对面的男同事抬起头看向她。

圣子坐直身子，在桌边的一堆杂志中翻找起来，终于找到上个月出版的《世界》，“鹦鹉楼惨剧”的调查记录就登载在这一期上。看到杂志边上露出来的便笺条，她想起当时自己只是大致看了几眼，没有仔细看完。

+

一九九一年九月十五日。

大概晚上七点半，我来到案发现场西新宿十二社的Belvedere・Parrot公寓。本来和蜂塚沙保里说好七点之前到，但由于台风的影响，电车晚点了半小时。

“您是来参加慈善义卖的吗？”公寓门口的看门人菅野问我。听到我的肯定回答后，菅野微笑着又说：“愿您度过一个美好的夜晚。”

我点头致谢，走到大厅的管理处登记了拜访事由和相关信息，然后拜托一位工作人员联系在公寓顶层公共休息室的蜂塚沙保里。那栋公寓是全封闭管理，进入时必须先在登记簿上登记姓名和来访理由，还要写上来访时间，然后再由管理人员联系业主进行确认。因为那天顶楼的休息室里在举办慈善义卖活动，所以我就说蜂塚沙保里有可能在那里。

可是，工作人员却告诉我蜂塚沙保里太太没在休息室。

我觉得奇怪，就说：“那请联系一下901室的蜂塚祥雄先生。”

然而，管理员又说：“蜂塚先生也不在。”

这是怎么回事？

看我不知如何是好，看门人菅野提议呼叫一下须藤太太试试，须藤太太此时肯定在休息室。

他口中的须藤太太就是住502室的须藤朱美，我想着自己和须藤太太见过几面，也算认识，就采纳了他的建议。

果然，须藤太太接了内线电话，于是我终于得以去了休息室。

休息室里人不多，加上我也不过十个人左右，应该有不少人因为台风未能准时到来。

但沙保里是怎么回事呢？她的家就在这里，台风又影响不到她。我一直放心不下，几次想找须藤太太问问，但她好像有什么心事，一副失魂落魄的样子，根本没心思搭理我。再看看周围，感觉气氛怪怪的，不仅是须藤太太，大家都是一副疏离、坐立不安的神情，尤其是须藤朱美和山谷惠子，两个人好像闹别扭了，充满了火药味儿，剑拔弩张，似乎下一秒就要扭打起来，其他人则围在旁边紧张地注视着两人。

我一刻也不想在那儿待下去，想在须藤太太和山谷太太爆发之前逃离这个是非地。

于是我灵机一动，借口去看看沙保里便离开了休息室。

因为她家就在楼下一层，所以我就没乘电梯，直接走的步行梯。就在此时，我听到有人“啪嗒啪嗒”下楼的声音。我抬手看了看表，七点五十八分。

我按了沙保里家的门铃，没有任何反应，又试着转了转门把手，没想到门没锁，轻轻一推就开了。

屋内死一般地沉寂，但玄关灯亮着，而且能感觉到似乎有人在。

“沙保里，你在家？”

我边脱鞋边问，低头看到一双从来没见过的运动鞋。当时想着是不是她小姑子依子来了，但是又感觉这双鞋太大了，不像是依子的。

我又叫了一声。

“沙保里，你在不在？”

然而，依然没有任何回应，一点儿声音也没有。

但我隐隐闻到一股铁腥味，不，是血腥味。

一阵恐惧从心底升腾而起，瞬间传遍全身。

我一抬脚，感觉脚下碰到了什么东西。

低头一看，是个纸袋，里面装着一盘录像带，标签上写着“双峰”。

我想起依子是美剧《双峰》的忠实粉丝，心里稍稍放松下来，看来果真是依子来了。

但是，不知怎的，当时心中满满的还是恐惧。

玄关尽头关着的门是通往客厅的，我看着那道门，直觉告诉我里面有什么事发生了，但我忍不住要去打开它，内心有个声音一直在说：“这是你的使命。”

我屏住呼吸，小心翼翼地抓住门把手，轻轻地、慢慢地推开了那道门。

灯光昏暗，我勉强能辨明屋内摆设的轮廓。

我刚想抬脚进去，脚下却不知被什么绊了一下，害得我差点儿摔倒在地板上。我定了定神，仔细一看。

“沙保里！”

是的，我看清了，是沙保里的脸。我一遍一遍叫着她的名字，摇晃着她的身体，可她一点儿反应都没有。突然，我生出一种不祥的预感，因为手上触摸到一片温热黏滑的液体，那个气味让人不得不想到鲜血。我想着必须要马上开灯，然后摸索着找到了墙壁上的开关。

灯光大亮，屋内的景象映入视线的一刹那，我想尖叫，想大喊，却发不出任何声音。首先看到的是躺在地板上的沙保里。她的衬衣被撕烂，短裙被掀到腰间，显然遭到了强暴，而且浑身是血。

然后又看到沙保里的丈夫蜂塚祥雄，他也浑身是血地躺在地板上。

我脑袋“嗡”的一声，腿一软坐在了地上。

不记得过了多长时间。

在仅存的一点点理智的驱使下，我哆嗦着伸出手按响了紧急呼救铃。

之后，就完全失去了意识。

再醒来时，发现自己躺在医院的病床上。

以上，就是我在凶杀案当天经历的、看到的全部情况。

（参考人　M女士的调查记录）

+

“原来如此啊。”

宫野圣子端起咖啡一饮而尽。

“M女士在步行梯听到的脚步声，应该就是河上航一的吧。”

根据《世界》的特别报道，公寓一楼安全门附近的监控的确拍到了河上航一的身影，当时是八点零一分。只是仅凭这一点无法确定他就是凶手。

但是，河上航一还留下了其他几处证据，所以三天后被全国通缉。

河上留下的证据，首先是留在蜂塚家玄关处的运动鞋。经鉴定，警方确认这双鞋就是河上航一的，这就表明他确实入侵了蜂塚家。

其次，从蜂塚沙保里体内提取的精液，经过DNA比对，确定是河上航一的，这就说明是他强暴了蜂塚沙保里。

然后，蜂塚沙保里脖颈上留下了河上航一的指纹，这表明蜂塚沙保里有可能是被河上航一掐死的。

最后，河上航一有杀人动机。他是蜂塚沙保里的前男友，有可能怀恨在心，愤而杀人。

鉴于以上推理和物证，河上航一嫌疑重大。

然而，直到现在，河上航一还没被抓到，而且眼看就要到时效期了。

圣子忍不住发牢骚。

“警察可真够笨的。难道是现场调查出了问题？”

《世界》的报道中也提到了这一点。

遗留在死者身旁的凶器是蜂塚家的菜刀，河上就是用这把菜刀，乱刀捅死了蜂塚夫妇，但是竟然没能从这把菜刀上提取到河上的指纹。因此，民众猜测是不是警方的现场调查出现了失误。

总之，河上航一销声匿迹，不知在哪个地方过着逍遥自在的生活。

蓦地，圣子眼前浮现出白天的拍摄场景。

“去死吧！”

MASAKI饰演的河上航一简直就是个杀人恶魔，那非同一般的强烈杀意，那震人心魄的杀气，此时光想想就让人脊背阵阵发凉。

在一阵紧似一阵的恐惧中，圣子合上了《世界》。

“还要继续加班？”

斜对面的男同事问圣子。这个同事大概比圣子年长十多岁，是从下面的子公司临时调职上来的，大概是因为这个原因，有时让人觉得过于谦卑。

圣子看了看四周，发现偌大的办公室只剩他们两个了。

“嗯，我还得一会儿。你先走吧，我最后关灯锁门。”

“不，我也得再待一会儿。”

说着，男同事对着电脑忙活起来。

圣子感觉有点儿不自在，不愿意和他独处，心想今天干脆早点儿回家算了，于是拉开抽屉拿出手包。

还没等她站起身，男同事突然又抬起头来。

“你在查河上航一的事儿吗？”

“啊？”圣子看他嗫嚅着嘴唇欲言又止，就胡乱应付了一句，“嗯，随便看看。”

男同事眸光一闪，停顿一下，然后不无得意地说：

“我与河上航一共事过。”

“什么？”

“昭和五十一年，哦，就是一九七六年，我还在上大学，当时在创宣堂的创意部兼职。”

创宣堂是与界传社齐名的知名广告公司。

“当时，河上航一是创宣堂的临时借调员工。”

圣子登时来了兴致。

“是吗？”

“因为他曾是某乐队的成员，部长才招了他，没想到是个唯唯诺诺的男人。总之，他没得到重用。”

男同事抬起双手，交叉枕在脑后，语气中能听出稍许鄙夷。

“奇怪的是，他很受女同事欢迎，估计也是因为对他曾是乐队成员的经历感到好奇吧。也不知道河上是真感觉不到还是装不知道大家对他的戏弄，反正对女同事们极尽谄媚，总之就是一个好色男。有一次公司承办了一个召集女高中生当评委的选拔会，他借此蛊惑那些单纯的小女孩儿，祸害了不少人，是个十足的大色狼，高中生也就罢了，他竟然还把魔爪伸向了小孩子。”

“你这么一说，我想起来了，河上曾经因为猥亵、强奸未成年人坐过牢。”

“是的，实在太无耻了，专挑看上去能被自己控制住的弱小女孩下手，发泄自己的兽欲。估计是在工作单位老被欺负，心里太压抑了。”

“被欺负？”

“是啊，受总公司的人欺压。在总公司那些人眼中，分公司的人，尤其临时员工就是他们随意欺压的对象，说白了就是供他们解闷儿消遣的。就说河上吧，每次开会或者集会的时候，他都被迫为所有人准备盒饭。你要知道，是自费啊，而且还必须是千元以上的豪华套餐，想必他当时为此都不得不借了高利贷。其他各种找碴儿更是层出不穷，不是辛苦一整天准备的资料被扔掉，就是乘车卡被偷藏起来回不了家，我就亲眼见过他的外套被人故意扔到了厕所里。说起来，男人啊，欺负人的花样儿有时候比女人都阴险。在这样的工作环境中，河上内心肯定压抑到了极点，所以当我听说他因猥亵未成年人被捕时，并未感到多么意外，反倒觉得‘啊，果然走到了这一步’。不过……”

男同事说到这儿，停了下来。

圣子探过身子，急切地催问：“不过什么？”

“一九九一年的西新宿公寓凶杀案，我感觉不是这样。”

“为什么这么说？”

“怎么说呢，我感觉河上就不是能做出那种事儿的人。”

“那种事是……”

“杀人啊。的确，河上曾经口出狂言，喝点儿酒就开始恶狠狠地扬言打这个杀那个的，但我觉得他就是那种只会嘴上过过瘾，不敢付诸行动的人。”

“可是，他侵犯了未成年少女，这是不可否认的事实吧？”

“这两点并不矛盾，因为对方是弱小的孩子。他一直受欺压，所以当他去凌辱比自己弱的人时，自身的自卑情结被掩盖，取而代之的是作为强者的一种胜利，内心得到极大满足。但是，公寓杀人案与此性质不同，死者都是社会地位高于他的人。河上那种人呢，面对弱者时凶狠无比，如果对方比自己强，则改不掉骨子里的卑屈和奴性。”

“会不会是出于弱者对强者的憎恨之情，或者说是仇富心理？”

“也可能吧……”

“你的意思是河上不是凶手？”

“欸？”

男同事猛地瞪大眼睛，继而夸张地摆动着两只手，好像要证明自己从来没这样想过似的。

“不，不，我不是这个意思，只是觉得和我记忆中的印象不大相符。”

说着，他慌里慌张地收拾好桌面，丢下一句“我先走了”，便飞快地跑出了办公室。

圣子望着他的背影，有种如鲠在喉、不吐不快的感觉。

“警方都认定河上是凶手了，这个人在说什么呢？”

突然，她意识到自己竟然不知道这个男同事叫什么，虽然已经在同一间办公室共事了半年多的时间。不，不是不知道，是根本没记住。原因很简单，就是因为他是从子公司临时抽调上来的员工。

原来如此，原来如此。河上一定也曾遭受了这样的对待，被欺压、被蔑视的屈辱最终促使他走上犯罪的道路。

无心的漠视，往往埋下犯罪的伏笔。我如果不注意的话……

于是，圣子起身走向斜对面的工位，看了看贴在桌边的男同事的姓名。

14

第二天。

圣子刚想拿起手袋去吃午饭，就收到了一封邮件，发件人是大仓悟志，附件是MASAKI写的“自传”。

圣子顾不得去吃饭，马上打开附件看起来。

+

我内心升腾起一种希冀。

再次紧盯着手中的名片，这是从今天的客人那里偷来的——制片人大仓悟志。

或许，我的机会来了。

我站在深夜十点的上野站出口，裹紧外套。才刚进入十一月，天已冷得像寒冬。

透过口中呼出的寒气，我看到朝我小跑过来的小英。

他脸上带着掩饰不住的得意，看来今天的“生意”不错。

“MASAKI，MASAKI，MASAKI！让你久等了！”

小英一下子抓住我的手腕。

“怎么了？绷着一张脸，今晚不顺？”

说着，挽上我的胳膊。

我没有甩开他的胳膊，因为那暖暖的温度给冰冷的我带来一丝暖意。

我从上衣内口袋里掏出一卷纸币，一、二、三……一共五张。

“在这鬼天气回家实在太冷了，我们找个地方住吧。怎么样？”

我拿着五张纸币“哗哗”地在他眼前甩着。

“很厉害嘛，今天搞到这么多钱。”

“还可以吧。”

“走狗屎运了你，碰上这么大的金主！我今天就赚了一万日元。”

“是吗……”

骗人。

“……嘿嘿。骗你的，六万日元。”

“那今天你出钱。”

我们往旅馆一条街走去。

刚进房间，我就进了浴室。在花洒哗哗的水流下，冲洗今天的“污秽”。

我对于女人没有一点兴趣。

甚至，我越发厌恶女人。

女人，都是肮脏的。

女人，总让我想起母亲。

所以，我想杀了全世界的女人！

+

圣子把打印出来的“自传”卷起来掩在身后，给大仓悟志打电话。

“这个自传，写的什么乱七八糟的东西！”

“看了？”

听着这慵懒的语调，圣子眼前浮现出大仓悟志那张高深莫测、永远笑眯眯的脸。

她不由得拔高了声音。

“看了一些，但实在看不下去了。”

“试着把它全部看完吧。”

“写的什么啊，太拙劣了，而且内容也太那个了。”

感受到周围投来的异样目光，圣子压低了声音。

“真是的，连手机小说都不如。”

“圣子小姐，你现在在哪儿？”

“公司的咖啡馆。”

“哦，就是一楼那个吧？”

“是的，本来想趁午饭时间看的，结果弄得我一点食欲都没有了。”

“这样吧，我一小时后到，你就在那儿等着吧。在那之前，请你把自传看完。”

“什么？”

“总之，关于MASAKI的宣传，我想听听你的意见，当然，我也会给出一些建议。所以，你最好把那个自传全部看完。”

说完，不等圣子说什么，大仓直接挂了电话。

圣子恼火地把手机收起来，观察了下周围，不情不愿地把自传拿出来放在膝头上。

+

天际露出鱼肚白。

廉价的暖气设备吹出的干燥热风让人鼻子发干，口干舌燥。

我坐起身，看着旁边呈“大”字酣睡的小英，他的脸上长了不少青春痘，不过这不影响他的英俊，体形健美，紧致的皮肤和肌肉散发着青春特有的光泽。然而，在我心中，他只是个对脾气的朋友，有没有他，我都是空虚的。

一天一天，这种空虚感越来越强烈。

周围的空气似乎都变得虚无缥缈起来，感觉自己好像被什么一点一点侵蚀，并不是罪恶感，具体到底是什么感受，我也说不清。

小英扭动着身子坐起来。

“MASAKI，你找个女朋友吧。”

“啊？冷不丁地说什么呢？”

“因为MASAKI不开心啊。”

“你从哪儿看出我不开心的？”

“侧脸。”

“你睡迷糊了吧？”

“我清醒得很呢。”

小英一点一点扯出压在屁股下的裤子。

“完了，都是褶子。”

“我那时候说让你收拾好再睡，你偏不听。”

“那时候？那时候我哪顾得上将来的事。”

“将来的事？你说的将来是指现在？”

“对啊，就是现在，此时，此刻。”

“你这将来也太快了吧？”

“是啊，那个时候，我只想着……对了，MASAKI，你还没谈过女朋友吧？”

“搞什么，突然转到这个话题。”

“不是突然转话题，刚才我们不是一直在说这个事儿吗？你就找个女朋友吧，你会发现世界一下子就变了呦。”

“胡说什么呢。”

“你最近总是摆出那种无聊的表情，我都有点儿担心你了。”

“有吗？”

“有的，有的。”

“哦。”

“哦什么哦啊……”

“几点了？我的手表哪儿去了？”

“是不是忘在浴室里了？”

我跳下床，向浴室走去。皮肤干得要命，我觉得自己快要窒息了。

小英在我身后不正经地说：“MASAKI可是很有魅力的啊。你总说自己长得不好，其实你可俊了，长了一张很惹女孩子喜欢的脸，你只要招招手，肯定会有女孩子马上扑过来。”

我没理会他，头也不回地推开了浴室的门。

满室的湿气扑面而来。

“啊啊，舒服。”

干瘪的皮肤重新恢复了柔软的触感。

快感从体内一穿而过，没想到湿气竟然能让我感觉如此美妙……

“你此时的表情真有魅力。”

我睁开眼，看着眼前的浴室镜，小英站在我身后，看着镜中的我。他比我稍微矮一点。

“该去学校了。”

快五点时，我们两人走出酒店，此刻天还未亮。

我们利用浴室的热气“熨开”制服上的皱褶，看上去挺板正。当时，我灵机一动，将浴缸注满了热水，把制服挂在上方，直到制服上的皱褶消失。

才刚进入十一月，早晨就冷得让人受不了。我们走在还没有从沉睡中醒来的上野公园中，晨露微微打湿了身上的校服。

小英“咯咯”笑着。

“我说，你看咱俩像不像幽灵？”

看他那可爱的脸庞，任谁也想象不到……

“啊！”

他突然扯了扯我的衣袖。

“看，算卦的。”

顺着他的手势看过去，公园门口有一道微弱的光亮，传来“吱吱吱”的电机声，一条大大的长条幡上依稀能看到“占卜”的字样。

“这个点儿就出来算卦？”

“错，是一直到这个点。专门盯着我们这种夜不归宿的，还有从风月场所归来者的钱包。以前我就见过。”

原来还可以这样。

“我们过去算一卦呗。”

还说我多愁善感，到底谁才像个女人，算卦不是女人才喜欢干的事儿吗？

走近才看清长条幡上写的是“姓名占卜”。

“来，MASAKI，算一卦。”

这家伙猛地一推我，弄得我一个趔趄，一下子碰到了算卦摊子，木架子剧烈摇晃起来。摊子后面坐着的大叔瞪了我一眼。这样一来，不算一卦实在过意不去。

我在纸上写下自己的姓——“真木”。

鼻头上长了一个疖痈的算卦大叔面无表情地说：“还得写上姓。”

我只好潦草地写下“真木骏”三个字。

算卦大叔奇怪地瞪大了眼睛。

“欸？‘MASAKI’是姓不是名？你同伴不是叫你‘MASAKI’吗？”

小英抢着解释：

“汉字是‘真木’，读成‘MASAKI’。要是叫他的名，这家伙会暴跳如雷的，他死讨厌‘骏’这个名，所以我们就叫他的姓了。”

我补充说：“‘MASAKI’更适合我。我一听‘骏’这个字，想死的心都有，它和我不合。”

+

“欸？MASAKI，竟然是姓！”

圣子放下咖啡杯，像是想起什么。

“骏？”

骏、骏……

好像在哪儿看到过这个名字。在哪儿呢？就是最近看到的……感觉就在记忆的边缘呼之欲出，却怎么也想不起来。

疑惑在心间蔓延，圣子咬了一口百吉饼，再次翻开“自传”。

+

我家住在川口，从上野站乘坐京滨东北线大概需要二十分钟，小英家在田端，他挥了挥手先一站下了车，脸上带着喜不自禁的笑意。看来刚才占卜的结果很好，因为他一直盯着算卦大叔写给他的那张纸傻笑。

而我的则坏到不能再坏了，一项好的都没有。算卦大叔一语中的，说我将度过孤苦虚无的一生，而且父母缘很浅很浅。

当真是准得不能再准了。

虽然我不迷信占卜，但情绪还是有点儿低落，本来就极度讨厌“骏”这个名字，再加上它寓意的不幸人生……“祸不单行”“屋漏偏逢连阴雨”“拄拐棍进煤窑——步步‘捣’霉”之类的词语，说的就是我了。

我心有期待地再次展开揉成一团差点扔掉的纸片，没有奇迹出现，还是那一条条不吉利的卦语。我努力抚平纸片，工工整整对折两次，再小心装进外套的贴身口袋里，因为我突然生出一种感觉，如果把它扔掉的话，将会发生更加不祥的事。

我脱下外套，塞进运动包里。

走进家门，看到桌子上已经摆上了早餐，烤面包片、煎鸡蛋，还有酸奶。

外婆从厨房走出来，看见我只说了一声。

“早！”

既不问我为什么彻夜不归，也没有丝毫生气之意。外婆经常挂在嘴边的话是“过了十五岁就是个男子汉了，自己的事自己做主，自己负责，我不问也不干涉”。

外婆长得很漂亮，原来是汤河原的艺妓，即便现在都快七十岁了，每天早上还是一定要描画出精致的妆容。

我和外婆相依为命，来到外婆身边是在十五年前，当时我们还住在汤河原的家。在我考高中时，搬到了川口这里，因为外婆非常重视我的学业，费尽心思想把我送进东京有名的高中。外公很早就去世了，外婆经常拿着佛坛上供着的外公的照片骄傲地跟我说“你外公可厉害了”。照片虽然是修整过的，但从眉宇间不难看出外公是一个仪表堂堂的人。

外公给我们留下了虽不算多但足以应付生活的财产，他是个非常有名的演员，在事业鼎盛时期买了不少土地，汤河原、国分寺，还有川口这里都有，后来他把这些都留给了外婆。如今地价飞涨，光地租就足以让我和外婆无忧无虑地生活。

外婆递给我一杯红茶。

“骏骏。”

我没说话，只是抬眼看着她。直到现在，我面对外婆时还是有点儿不自在，而外婆看着我时也是一副小心翼翼的样子，大概是心里还残留着我小时候带给她的阴影。来到这个家里时，我还在上幼儿园，做了不少鸡狗不待见的恶事，没少让外婆烦恼和操心。

“骏骏，你去扫墓吧。”

这话太过唐突，我没有任何心理准备，差点儿把嘴里的面包喷出去，但我表面上极力装出一副不动声色的样子。

“去看看他们吧，已经十五年了，你还一次没去过。妈妈和爸爸一定很寂寞，很想你。”

一大早的，提这些干什么？我低下头，视线在桌子上游走。

“寂寞？怎么可能？那两个人从来不把我放在心上，尤其是我妈，像个凶神恶煞一样，对我除了训斥还是训斥，在她心中，我就是个累赘，她一直后悔生了我。我说的一点儿都不假，她不止一次这样说过。”

不行了，身体不受控制地颤抖起来，每次想起那个女人就会出现这种由内而外的战栗。

吧唧、吧唧、吧唧……

吧唧、吧唧、吧唧……

双唇不受控制地咂巴起来。

吧唧、吧唧、吧唧……

吧唧、吧唧、吧唧……

我极力咬住嘴唇。

外婆手中端着茶壶，悲悯地看着我，发出一声长长的叹息。

我摁住不受意识控制的双唇，一字一句地说：

“十五前，我成了外婆的养子，已经跟那两个人没有任何关系了。”

外婆红了眼圈，双肩微微抖动。

我端起红茶一饮而尽，再也不说一个字。

十

“啊！”

看到这里，圣子终于想了起来。

“‘骏’，不就是被杀害的蜂塚夫妇的独生子吗？”

她有些凌乱了，这……这是什么情况？

也就是说……

蜂塚夫妇的儿子要在大荧幕上演绎他们夫妻俩被杀害的事件，而且出演的是凶手角色。

圣子感觉胃里涌起一股苦涩的酸水，呛得嗓子眼儿火辣辣地疼。为什么？为什么会这样？

她的视线重新落到膝头的“自传”上。

+

晚上六点，我和小英在上野站附近的公园入口会合，我们已经完全不是昨天的那般模样。小英戴着一副黑框眼镜，俨然一个纯朴乖乖仔，而我一看就是个生性顽劣的问题学生，头上还用发油打造出蓬松微卷的造型。

我们的目的地是公园入口处的一条小巷，小巷两侧有很多小放映厅，这里就是我们最佳的“工作场所”。

广告牌上边用红漆写着“外国电影专场/500日元”的字样，我们在牌子旁边的地道入口停下了脚步。一个狭窄的简易楼梯直通地下，小英先走了下去，我紧随其后。

里面的接待台也极其狭小，虽然摆着一个自动售票机，却并未启用。一个满脸堆笑的“检票员”从我们手中抽走五百日元的硬币。

里面有两个小放映厅。

小英递给我一个“十点，老地方见”的眼神，便推开了左侧的一道门，我则进了右侧的放映室。

推开门，浓重的烟味儿扑面而来。本来这里是禁止吸烟的，但此刻到处都是烟雾，攒动的人影令人眼花，还有各种奇奇怪怪的声音。

没有人的视线落在播放着外国电影的荧幕上。

一道道无形的视线交织在自己身上。我什么都不用做，只站在这儿就好，自会有人向我走来。

是的，我患上了金钱依赖症，只想要钱，只要能赚到钱，就算是来这种地方也不在话下。

然而，我才刚来就有点儿喘不上气。我不能闻烟味儿，顶多坚持五分钟。昨天也是这样，几乎要晕过去了，后来赶紧跑到大厅，瘫坐在沙发上。我昨天就是在这里遇到了那位客人，当时他就坐在我的旁边。

从某种意义上来说，来这里玩儿的人都守着自己的底线，不会强行怎么样，如果你暗示不想陪他，他便会马上消失。

我回到大厅，喘着粗气，视线顿时天旋地转，模糊不清。今天的目标也追了出来紧紧地抓着我的胳膊。

“你是K中的学生？”

视野慢慢恢复了过来，我看了看眼前的人，大概比我矮一拳头，三十五六岁的年纪，像是个普通的工薪职员。

我没说话，只笑了笑。

“你很受欢迎吧？”

“你猜。”

我带他来到一家酒店，看了一下表，还不到七点。

“我家的门禁是九点。”

我说了谎，因为想在和小英见面前留出九十分钟的休息时间。

“嗯。”

烟味儿好臭。

够了，住手！熏死了！

男人态度骤变。

我被推倒在地，拳头在我头上、身上重重落下。

八点二十六分，我用沾了血的床单裹住身体，一个人留在房间。

我拿过床头柜上放着的一张万元纸钞，紧紧攥在手中。

退房时间到了，我不得不离开。

酒店对面就是地铁，我跌跌撞撞走下楼梯。我常常会这样，突然就不愿意待在地面上，不愿意看到人来人往。今天更是如此，不愿意让人看到我的不堪。

下了楼梯，我直接跑进卫生间。

因为心中涌起一种熟悉的感觉，想找个没人的地方哭一场。

可是，欲哭无泪。

嘴角火辣辣地疼，抬手抹了一下，指腹沾上了红色。

“可恶！畜生，变态，说打就打！”

镜中的自己，脸上开始显现淤青，本想仔细看看伤处，但视线不受意识控制自动转向了别处，因为我讨厌自己的长相。

讨厌头发，讨厌皮肤，讨厌这个皮囊的一切，什么时候它能四分五裂就好了。

为什么要把我带到这个世界上？

又为什么把我一个人丢在这个世界上？

距离跟小英约定的十点还有一段时间，我又回到了放映厅一条街。

必须再干一票，才到手一万块，实在有点儿说不出口。

在那个放映厅入口处，我发现了一张熟悉的面孔，是昨天那个客人。

他在门口走来走去，不停地四下张望着，好像在找什么人。

我双脚不听使唤地向他走了过去。

“你在找人吗？”

他好像被我突如其来的声音吓了一跳，转身看到我时眼前一亮，笑容爬上嘴角，但瞬间又僵在脸上。

“怎么搞的？你的脸怎么回事儿？”

“随便玩玩儿而已。”

他听了我的话，表情一滞，沉默几秒，然后伸手拉住我的手臂。

“那样对身体不好，找个地方休息一下吧。”

“我还没决定……”

然而，双脚好像脱离了我的意识，自动跟上了他的步伐。

我偷偷瞥了他一眼。

他的侧脸在我视线之上。

我身高一米七八，那他大概有一米八左右吧。

年龄？看上去三十五六岁的样子。

职业？不像是普通的工薪人员，没有那种低俗感。

昨天，他为什么什么都没做？

他带我去了昨天那家汤岛的商务酒店。刚进房间，我便躺倒在床上，墙壁和天花板都是素雅的颜色，与刚才那种俗不可耐的壁纸截然不同。

我试探性地向他搭话。

“我纯粹是为了钱才这么做的。”

然而，他还是看都不看我。

我盯着他那双骨节分明的大手。

昨天我因为太困，也可能是床垫太舒服，不知不觉就睡着了。但他没有对我做什么，所以今天我决定补偿一下……

“对不起，大仓先生。”

男人抬起眼皮，威慑地看着我。

“你是大仓悟志……先生吧，制片人。其实，昨天我从你钱包中偷拿了一张名片。”

男人的眼神犀利起来。

“不要误会，我没有讹你钱的意思，只是想确认一下身份，以备万一有什么麻烦。”

我怕男人误会，便刻意缓和了语气。

“放心，我不会讹你的钱，只是保护自己而已。话说，大叔，你可真了不起，不管哪行都干得那么好，我上网查出来很多关于你的报道。”

我接着轻声说道。

“你别看我现在这样，我可是有演员血统的。你知道目黑慎吾吗？”

“目黑慎吾？哦，那个著名影星。”

“嗯。他是我的外公。”

“欸？”

“所以，我一直想成为外公那样的演员。”

男人的眼神陡然冷下来，不可思议地看着我，慢慢生出一丝鄙夷。

他的表情刺伤了我的自尊心。居然摆出一副高高在上的样子！浑蛋！不要用这样的眼神看我！

我一把将他推倒在床上，伸手掐住他的脖子。

“不要这样看着我，死老头子！你要知道，我可不是普通人，我可是亲眼看见了父母被杀害，和那些逍遥自在地过着悠闲日子的小屁孩儿们不一样！”

男人的视线多了几分玩味。

我逐渐加重了手上的力道。

“浑蛋！总是想支配我的一切，你个臭女人！”

双手的力道越收越紧，无意识中，一句话从我口中不可阻挡地冲出来。

“妈妈什么的，都死了算了！”

+

一小时后，大仓悟志准时来到咖啡馆。

“看完了？感受如何？”

“感受什么感受！”

圣子把“自传”啪地拍在桌子上，像扔掉一个烫手的山芋。

“这些，都是真事儿？”

“自传嘛，肯定是以事实为前提的，不过可能多少有点儿水分吧。”

“那，你，在汤岛的宾馆……”

“那个时候，我真的感觉要死在他手里了。”

大仓摇头笑了一下，端起咖啡喝了一口。

“看着那种杀意，我脑子里突然蹦出一个想法。”

“想法？就是要把‘鹦鹉楼惨剧’拍成电影？”

“不仅如此，还要有意无意爆出饰演凶手的新人是‘蜂塚骏’，即那个凶杀案中的幸存者。没错，采用这种被恶意泄露的宣传方式，一定能引起大轰动。”

“可是不管怎么说，让受害者的儿子饰演杀害父母的凶手，也太，太……恶趣味，太违背伦理了。”

“正是如此，反响才会强烈。最主要的是，饰演凶手是他本人的意愿。”

“什么？MASAKI，不，不，蜂塚骏自己要求饰演凶手？”

“没错。那孩子对母亲极度厌恶，大概也是由于这个原因，他不喜欢女人。不过，反过来说，这样的孩子更加渴望得到母爱啊，和我一样。”

大仓把玩着手中的咖啡杯，眼角似有莹光闪烁。

“所以，我才想着要拯救他。在电影中让他杀害母亲，这样他一定能获得心理上的解放。我坚信这样的演出体验一定可以让他获得新生。而且……”

“而且？还有什么？”

“受害人蜂塚沙保里生前一直为‘将来会被儿子杀死’的幻觉所困，而我用这种方式把她的幻觉真实再现出来。这样的情节，观众不会产生抵触情绪。”

“可是……”

“反正昨天已经拍完了，已没有回头路，只能一往直前，不是吗？”

“这……是这样没错，可……”

“还有，电影上映的时间将提前三个月，改到九月份。”

“正好赶上时效期。”

“就是这个意思。所以，要正式启动宣传了，我有个想法……”

大仓突然看向门口。

“喂，这边。”

圣子顺着他的视线看去，MASAKI……蜂塚骏站在门口。离开拍摄环境，撇开他饰演的角色不谈，这样一看，是很有教养的一个小伙子。沙米色的羊毛开衫内搭藏蓝色衬衣，与他的气质很相配，头发也剪成了精神的短发。他身旁一如既往地跟着那个男孩儿，虽然是和蜂塚骏同风格的穿搭，但不知是年轻的张狂气势还是身上的配饰过于夸张的缘故，隐隐透出一股坏坏的痞气。他也理了发，染了一个离奇的颜色。

MASAKI坐下来，一眼看到桌子上的“自传”。

“您觉得如何？我是按照年轻人比较喜欢的手机小说风格写的。”

他坐姿优雅，一看就是接受过良好的教育。

这时，他的小跟班儿适时插话进来，得意地上挑着修整过的细眉。

“自传中的‘小英’就是我。我叫须藤英之，当年我也住在出事的那栋公寓。”

他看着圣子惊讶的表情，双眼放光，打开了话匣子。

“我在那儿住到四岁半，因为在公寓举办的一次聚会上我妈和别人大吵大闹来着，后来我们就在那儿住不下去了。说起那场打闹，实在有点儿不好意思启齿，我妈偷了一位家长朋友的项坠，也不算是偷，好像是捡到了，但没主动还给人家，结果这事儿在聚会上被翻出来，我妈恼羞成怒，就跟失主吵起来，最后直接上手打了起来。其实，最主要的还是因为我爸破产了，没钱再住那么豪华的房子。后来，上高中时，我和骏……MASAKI竟然再次相遇了，惊不惊喜，意不意外，一定是冥冥之中有什么缘分牵着我们呢。”

圣子打断他的喋喋不休。

“等等，你说的聚会，是不是就是案件当天举办的那个慈善义卖？”

“就是，就是。不过，那天我被送到附近的亲戚家，没看到打架的场面。据说闹得可大了，把警察都招来了，只不过那天发生了更加轰动的杀人案，完全盖住了这件事。我妈直到现在还愤愤不平，咬牙切齿地说永远不会原谅引发那场打闹的女人。”

MASAKI云淡风轻地接过话头。

“他妈说的那个女人就是我妈。她把项坠的事写进文章里，埋下了引发吵闹的导火索。”

“当时，我妈逢人就倾诉对他母亲的怨恨，结果还被警察当成嫌疑人了。”

“杀害蜂塚夫妇的嫌疑人？”

“对啊，整天被警察传讯。直到现在我妈还挂在嘴边，说那是她一辈子的奇耻大辱。”

“可是，不是很快就发通缉令了吗？河上航一是凶手。”

“是这样没错，但是我妈说当时有好几个嫌疑人被警察调查了。”

“是……吗？”

“我觉得吧，说不定凶手另有其人。”

“欸？”

须藤英之的眼睛滴溜溜地转着，像个狡猾的野兽。

“就像电视剧中演的那样，河上航一是用来误导观众的，真凶另有其人。”

“看来只有唯一的目击者知道真相了。”

听圣子这么说，须藤英之忽然就不再接话了。

他偷偷瞥了一眼身旁的MASAKI，嗫嚅着说：

“对，对不起，是我冒失了。”

然而，蜂塚骏的表情没有任何变化，他平静地说：

“没什么。对我来说，那件事和我无关，而且我已经完全失去了当时的记忆。没错，当时我是在现场，因此也遭到了警察的一遍遍盘问，但是唯有那段记忆像被扣走了一样，一片空白。这么说吧，就像是把漂白剂滴在了花衣服上，就那一小片成了白色。”

谈话进行不下去了，气氛微妙，有些尴尬。

圣子看了一圈儿表情。

大仓依然是那副高深莫测的微笑表情；MASAKI眼皮轻轻颤动，眼神不知落在何处；须藤英之装模作样地看着菜单。大家各怀心事，深藏不露。

看着眼前的情景，圣子的注意力集中到一点。

凶手……另有其人吗？

15

七月初，离电影上映还有两个月时间。新宿御苑前的中餐馆内，圣子和《世界》杂志的编辑村木里佳子相对而坐。

杀死蜂塚祥雄和蜂塚沙保里的，是我。

看到这一行字，圣子惊呼出声。

她抬起头，里佳子微笑看着她。大概是已经校稿完毕只待付印，里佳子脸上透着兴奋的红晕。

“这封信，是我上周收到的。你有什么想法？”

“等等，我还没看完。”

圣子端起普洱茶抿了一口，再次将视线落到信纸上。

+

冒昧给您写信。

我拜读了贵刊的特辑，就是关于一九九一年九月十五日西新宿十二社公寓凶杀案，俗称“鹦鹉楼惨剧”的系列报道。

闲话不谈，坦白说，杀死蜂塚祥雄和蜂塚沙保里的是我。

我叫蜂塚依子，是蜂塚祥雄的妹妹。

由于某种原因，我现在不在那里生活了，当年我住在高圆寺，和父母住一起。哥哥一家住在西新宿，因为我们两家离得不远，所以我经常去帮他们带孩子。

事发当天，哥哥两口子要去参加慈善义卖，所以想让我去照顾侄子，我当然没有拒绝。

可是，后来嫂子又打电话说她身体不大舒服，不去参加义卖了，所以就不用我过去了。

那天，我向中野坂上一家音像店的店员借了一盘录像带，他说晚上七点左右顺路给我送到哥哥家。我没有拒绝的理由，不，应该说是我实在太想看那部片子了，而他的提议正中下怀。

前面说过，那天突然又不用我去哥哥家帮着带孩子了，因此嫂子打来电话时，我就拜托她帮我收一下录像带。

嫂子爽快地答应了。

然而……

那个音像店的店员，就是河上航一。

所以，是我引狼入室，我才是哥哥嫂子被害的罪魁祸首。

更让人羞愧的是，那天晚上，我还给音像店打去电话向河上航一道谢。我记得是八点半左右打的电话，那时凶杀案已经发生了。

河上航一太凶残、太变态，双手刚刚沾满了鲜血，竟然还能若无其事地跟我说：“我和沙保里好久没见了，真是太高兴了。”

当我知道出事的时候，已是第二天早晨。两天后，河上航一被锁定为通缉犯。当我在电视上看到那张脸时，心里五味杂陈，惊愕、恐慌、后悔、负疚，我的人生也定格在了那一刻。

我难以面对也无法承受自己引发大祸的事实和压力，离家出走了。

是的，为了清算自身的罪孽，我逃跑了。

今年九月份，对河上航一的诉讼时效将届满，而我清楚地知道，我的时效期，这一辈子都不会届满。

但是，我也期望能卸下压在心头的千斤重担，哪怕只是一点点，所以我给您写了这封信。

请您以贵刊的文字威力对我进行口诛笔伐，做出正义的审判。唯有这样，我才能获得一丝救赎。

十

圣子暗想，村木里佳子给我看这封信，应该是提醒我这段内容吧。

更让人羞愧的是，那天晚上，我还给音像店打去电话向河上航一道谢。我记得是八点半左右打的电话，那时凶杀案已经发生了。

村木里佳子夹起一块拌海蜇，“咯吱咯吱”地嚼着。

“根据警方的调查记录，证人听到疑似河上航一下楼的脚步声是在十九时五十八分，三分钟后，也就是二十点零一分，他出现在公寓一楼安全门的监控中。”

“那就是说，大约三十分钟后，他到了位于中野坂上的音像店。唔，从西新宿到中野坂上，理论上讲，半个小时倒是足够了。”

“可是不合常理啊，一般来讲，杀了人不得赶紧逃吗？”

说到这儿，里佳子打开记事本。

“实际上，警方的记录中写的就是杀人后河上航一下落不明。”

圣子放下手中的筷子。

“意思是河上航一根本没去音像店？”

“反正我拿到手的调查记录中没提到这一点。假如蜂塚依子没有记错的话，按照她的说法，应该是河上航一先去了音像店，然后又逃走了。”

“这样也不合常理呀。是不是蜂塚依子记错了？毕竟是十五年前的事儿了。要不，直接找她问问？”

“我也是这样想的，可是不知道她住哪里，而且……”里佳子将信封翻过来，“而且，连邮票都没贴。”

“是吗？”

圣子拿起信封看了看，上面贴着一张“邮费不足”的通知单。

“不过，感觉像是从新宿投寄的。欸？这个信封……”

这个信封像是用某种废纸自制的。

圣子又拿起那封信确认了一下。没错，信纸也是再利用的废纸，依稀能辨认出像是“都厅”的底字。

“不合常理的不止这些。”

说着，里佳子把包拿过来，从中拿出一个透明文件夹。

“这些是准备刊登在下周发行的《世界》上的报道。”

她从中抽出两页纸递给圣子。

“这是？”

“一张是对蜂塚沙保里的朋友、事发当天参加了义卖的吉田女士的采访，另一张是对案发公寓当年的管理员的采访。你先看看再说吧。”

里佳子不紧不慢地用勺子扒着眼前的炒饭，而圣子则急不可待地拿起了那两页纸。

+

当时，因为孩子在同一家幼儿园，我们几个便组成了一个小团体，蜂塚沙保里、山谷、须藤、佐佐木，加上我一共五个人。为了帮助野口家生病的女儿——她女儿也在这家幼儿园，我们几个决定办一场募捐活动。

提出这个建议的是具有领导派头的山谷，她原来不是当过模特就是当过演员，人很有气场，行动力也超强，自然而然成了团体的中心。最先响应的是佐佐木，她相当于山谷的参谋，只要山谷说点什么，一定会积极实施。可以这么说，只要是她们二人决定下来的事，基本上等于团体的最终决议。

蜂塚，可以说是一个特别的存在，毕竟人家是一个人气作家，就连山谷有时也得看她脸色行事。跟在蜂塚身边的是须藤，她们两家住同一个公寓，基本上干什么都是一起。所以形单影只的就只有我了。其实我并不是很想加入这个团体，只是一开始山谷总是拉着我，慢慢就成为其中一员了，但是我自己一直有种局外人的感觉，顶多算是山谷·佐佐木一派和蜂塚·须藤一派之间的缓冲剂。也就是说，我们这个团体内部又分成了两派，造成这种结果的原因在于山谷和须藤两人之间有点儿不对付，可能是不投缘吧。她们基本上没有直接说过话，甚至可以说连眼神的交流都不曾有过。但是，这并不代表我们这个团体的关系有多差，因为她俩都刻意保持着距离，维持着一种奇妙的平衡。

然而，她俩还是有过一次正面冲突，闹得不可开交。对，就是案发当天的事。

那天晚上十九点，我们到蜂塚和须藤居住的西新宿十二社的公寓顶楼的休息室会合，举办义卖兼募捐启动仪式。发起人就是我们五个，然后每人再邀请三五亲友。可是，蜂塚沙保里突然说身体不适不参加了，山谷也打电话说晚到一会儿，其他客人也因为台风的影响未能按时到场，预定的餐饮也迟迟未送来。

当时，气氛有些怪异，我们都感觉心慌慌的。十九点零五分的时候，蜂塚的丈夫来了。五分钟后，山谷到了。又过了二十分钟，沙保里的朋友也到了。

包括我在内，在场的差不多有十个人，有认识的也有不认识的。大家互相自我介绍的时候，山谷递给须藤一本杂志，然后两个人忽然就你一句我一句地吵起来。起初我们也没当回事儿，以为她们就是拌两句嘴，因为脸上都还带着笑，可眼看着两人越吵越凶，突然就端起香槟互泼起来，继而扭打到一起，场面一片混乱。

当时我们光顾着劝说山谷和须藤，也没注意其他客人谁走了谁又来了。

不过，我记得蜂塚的丈夫用过休息室的内线电话，因为我当时就站在电话旁边，所以记得非常清楚。应该是往家里打的电话，因为我听到他说“沙保里”“好，我马上回去”什么的。后来她丈夫放下电话就走了，当时是十九点四十五分。不会错的，因为我正好看了一下内线电话上的时间显示。

+

“那也就是说，蜂塚祥雄十九点四十五分离开休息室，回了自己家。”

“嗯，根据时间线应该是这样。”

说着，里佳子把记事本推给圣子。

19:05　蜂塚祥雄来到十楼的休息室。

19:10　河上航一到访901室。

19:45　蜂塚祥雄回到自己家901室。

19:58　证人M听到步行梯上的脚步声，来到901室，发现蜂塚沙保里和蜂塚祥雄被杀害。

20:30　蜂塚依子打电话到中野坂上的音像店，与河上航一交谈。

圣子看着记事本上的时间线，总觉得哪里不对劲儿。

"'十九点十分河上航一到访901室'，这一点确定吗？"

"确定。因为公寓管理员在这个时间为河上航一办理的来访申请。"

"哦。"

圣子的视线再次落到记事本上，不对劲儿的感觉越来越强烈。

"河上航一十九点十分来到蜂塚家，十九点五十八分从楼梯逃走。蜂塚祥雄十九点四十五分从十楼的休息室回到自己家，那是不是意味着他刚进家门就被杀了？"

"是这样。可能是他正好看到河上的罪行，于是河上就把他……"

"等等，儿子呢？"

"什么？"

"儿子，蜂塚夫妇的儿子，他应该一直在家呀。"

"啊，对哦。然而他却平安无事。"

"对，我说的就是这个意思。河上为什么没有杀害他们的儿子呢？照你的说法，蜂塚祥雄被杀是因为他回来看到了河上的罪行，如果是这样的话，他儿子一直在家呀，看到的不是更多，为什么……"

"嗯，你说的确实有道理。"

里佳子拿起一张餐巾纸擦了擦嘴，继续说道："他们儿子的事是个问题，此外还有一个疑点，你看看另一页上公寓管理员的证词吧，尤其是我标出来的地方。”

+

当时，公寓附近频频发生虐杀小动物的事件，公寓的停车场内也发现了被砍去头部的死狗，弄得大家人心惶惶，于是公寓就增加了摄像头，加强了监控系统。

九月十四日，监控终于拍到了罪犯的身影。一个男人躲在公寓后院的暗影里，拿刀猛刺一只猫。准备报警之前，我又仔细看了看录像，因为总觉得那个男人的身影有些熟悉。我前前后后回放了十几遍，终于确定那个男人就是901室的蜂塚祥雄。

因为罪犯是业主，所以事情就有些不一样了，报警前必须事先与家属沟通一下。

第二天，也就是九月十五日的下午，我联系了蜂塚先生的太太蜂塚沙保里，请她来确认一下监控录像。蜂塚太太很快来到监控室，看完录像后，她哭着承认确实是她丈夫，恳请我们不要报警，说她自己会和丈夫谈谈。然而，他们夫妻俩当天晚上就被杀害了。

关于这些，凶杀案发生后我原原本本都给警察讲了，但是并未被警方作为证言采纳，大概是他们觉得这些和案件本身无关吧。

+

看到这儿，圣子喃喃自语。

“真的和案件无关吗？”

里佳子的表情严肃起来。

“是吧，看来你也有此疑问。假如说因为虐杀动物的事，蜂塚沙保里和蜂塚祥雄起了争执的话，那么这个案件就要另当别论了。”

圣子紧张地看着她。

“什么意思？”

然而，里佳子并未理会她的提问。

“此外，还有一个可疑之处。你再看看吉田证词中的这一部分。”

不过，我记得蜂塚的丈夫用过休息室的内线电话，因为我当时就站在电话旁边，所以记得非常清楚。应该是往家里打的电话，因为我听到他说“沙保里”“好，我马上回去”什么的。她老公放下电话就走了，当时是十九点四十五分。

“这就意味着十九点四十五分的时候，蜂塚沙保里还活着，还和丈夫通着电话。”

“会不会是河上航一接的电话？所以蜂塚祥雄感觉到了异常，随即决定回家看看。”

里佳子泄气地靠回椅背上，兴致缺缺地说：“也有这种可能吧。”

“村木，你是不是发现了什么？”

里佳子闻言，又兴奋地直起身子。

“蜂塚祥雄这个人很可疑。”

“欸？”

“根据警方的内部资料……跟你说实话吧，我拿到了警方的尸检报告。蜂塚沙保里身中数刀，内脏都流出来了，而蜂塚祥雄却只有脖子上的一处刀伤。这就表明凶手对蜂塚沙保里有很深的积怨，对蜂塚祥雄应该是失手误杀，可能只是随手一刀，没想到成了致命伤。”

“你的意思是凶手正在猛刺蜂塚沙保里的时候，蜂塚祥雄正好回来，凶手发现罪行败露，便刺了蜂塚祥雄一刀，夺门而逃？”

里佳子无奈地耸耸肩，脸上再次露出失望的神色。旋即，又朝着圣子探了探身子。

“可是一点血迹都没有呢。”

“欸？”

“河上航一是从步行梯逃走的，然而楼梯上却一点血迹都没有。当时，这一点对警方的判断带来很大障碍，所以费了不少功夫才最终确定河上航一为犯罪嫌疑人。”

“没有血迹？”

“是啊。如果说河上航一刺了沙保里无数刀，还刺了祥雄一刀，按常理来讲，身上一定会溅上血，对吧？这样的话，不管他逃跑时再怎么小心，总归得留下点儿血迹。可是，别说楼梯了，就连走廊，还有家里的玄关处都没有任何血迹。”

“玄关也没有血迹？”

“对啊。估计是太慌张了，河上航一连自己的运动鞋都没穿，套上摆在玄关处的拖鞋就跑了，可是鞋架上也一点儿血迹都没有。”

“拖鞋？”

“是的，拖鞋。”

“确定是穿着拖鞋逃走的？”

“千真万确。参考人M的证词中说听到了楼梯上传来‘啪嗒啪嗒’的脚步声，而且监控录像中清楚地看到他穿的就是拖鞋。还有，蜂塚家里的拖鞋确实不见了，就是网购公司寄给她的那双保健拖鞋，但并不是男士拖鞋。”

“为什么要穿拖鞋？”

“急着逃跑啊，没时间换运动鞋。”

“什么都不穿，赤脚直接冲出去岂不是更节省时间？”

“这……说得也是。不过，他是穿着拖鞋的，千真万确。”

“会不会原本就穿着拖鞋？”

“啊？”

“不是逃跑时才穿上的拖鞋，而是一开始就穿着。就是说，蜂塚沙保里开门让河上航一进来，并让他换上了拖鞋。”

里佳子端起茶喝了一口，双手环在胸前，若有所思。

“这样的话，情况又不同了。警方和检察机关对案子的陈述是，蜂塚沙保里以为是送录像带的人来了，于是就毫无戒备地打开了房门，没想到门外站着的竟然是刚出狱的前男友河上航一。河上在客厅里拿刀刺向瑟瑟发抖的沙保里，然后……实际上，沙保里知道河上出狱的事儿，并且一直担心河上找到她，我记得有这方面的证词。”

她打开记事本查找起来。

“找到了，喏，你看，证人是沙保里的原同事北见奈绪，还有一个叫藤本美莎的人也提到了这一点。”

“如果说是沙保里主动让河上航一进屋的话……”

里佳子突然兴奋地打了个响指。

“原来如此，原来如此！这就对了，这样就解开了我心中所有的疑问。果然……”

“怎么回事？”

“我重新调查了这个案件的所有资料，始终心存疑问，于是试着提出一个假说，那就是凶手另有其人。”

圣子咽了口唾沫，端起眼前的凉水一饮而尽，热切地看着里佳子。

“另有其人？”

“比如说，蜂塚祥……”

手机突然响起来。里佳子只看了一眼来电显示，便手忙脚乱地收拾起记事本和文件夹往包里塞。

“我们主任来的电话，肯定是催我回去的，因为我扔下校完的稿子，没打招呼就跑出来了。”

她刚站起身，像想起什么似的又坐了下来。

“不知道蜂塚夫妇的儿子现在怎么样了？”

“想知道？”

“欸？你……”

“今天就是想让你看看这个，才把你叫出来的。”

圣子拿出“自传”，推到里佳子面前。

“这是？”

“蜂塚夫妇的儿子——蜂塚骏写的自传。如果你对此感兴趣的话，可以刊登到你家的《世界》上。”

里佳子难以置信地看着圣子，到底是抵挡不住那几页纸的诱惑，伸手翻了起来。

她的眼睛越瞪越圆。

“天呐，这，这……我得赶紧回社里找主任商量一下，我想应该能登在下周发行的那期上。”

“这么快？不是都校完稿子只待印刷了吗？”

“我们主任一定会说：‘撤下其他的，上这篇！’你就等着瞧吧。”

16

——一颗冉冉升起的新星背后的惊天秘密！

七月份的第二周出版的《世界》杂志的卷首，赫然印着MASAKI的自传。

赤坂G电视台的放映室内，预计九月份上映的《鹦鹉楼惨剧》的样片刚刚播放完毕，大仓悟志叫住了宫野圣子。

大仓悟志还是那张千年不变的笑脸，唯一不同的是今天眉梢微拧，手上哗啦哗啦地翻着最新一期的《世界》。

“现在放出消息，有点儿太早了，应该等评论家们看完试映给出评价后再放出来。”

圣子翻着手中的电影企划手册，不以为然地回答：

“那样的话，作为一种宣传手段就有点儿被动了，所以才选了这个时机。”

“行，既然你是这样想的，那就随你吧。”

嘴上虽然这么说，但能明显看出大仓脸上的不满。

圣子心里暗自腹诽：说好的一切都交给我，管这么多干什么。

大仓转头看着圣子。

“反响如何？据我所知，并没有激起多大的浪花。”

“众议院解散的消息铺天盖地……”

“对选举不关心的阶层呢？也没见他们关注这个话题啊。好像只引起了一部分喜欢八卦的女人的兴趣吧？”

他在沙发上坐下来，继续说道：“还有，这个《世界》还刊登了暗示凶手另有其人的报道。对此，圣子小姐怎么看？”

“案件中的疑点确实挺多的。”

“《鹦鹉楼惨剧》这部电影是以河上航一是凶手为前提制作的，这一点，圣子小姐不会不清楚吧？”

“清楚。”

大仓的眼神突然凌厉起来。

“如果大家都认为河上航一不是凶手的话，你说结果会怎样？”

“结果，结果……”

圣子瑟缩了一下，躲闪着大仓的视线，不知道该说什么。

大仓脸上的微笑不再，变得极其严肃。

空气仿佛凝滞了一般。

圣子感觉自己拿着手册的双手都出汗了。

一贯的微笑终于慢慢重新爬上大仓的脸。

“不管怎么说，时效期马上就到了。再怎么吵闹凶手另有其人，也改变不了时效届满的事实。”

“什，什么意思？”

大仓不慌不忙地跷起二郎腿。

“就算凶手另有其人，案件本身的诉讼时效该到期还是会到期。只要河上航一不被抓到，真相就永远不会明了。不过……河上大概不会被抓到吧。”

“为什么这么说？”

大仓故意卖起了关子，视线在空中转了几圈后才又开口。

“《世界》上登载的那封蜂塚依子的来信，嗯……有点儿意思。”

“你说那封信啊，但是不知道寄信人的地址，而且信封和信纸都是利用废弃纸张自己做的。”

“噢？”大仓眼中闪过一丝精光，重新跷了跷二郎腿，“比起这个……看完样片，我突然有个想法，改成暗示凶手另有其人的开放式结尾或许会更好。这个应该不会太难，顶多再补拍几个镜头。”

说着，他兴奋地站起身来。

“好了，开始着手准备下一次爆料吧。”

“下一次爆料？”

“圣子小姐，你知道hypnotherapy吗？”

“hypnotherapy？”

“催眠疗法，就是通过催眠唤醒记忆，消除病理心理的一种心理治疗方法。”

“哦，你说的是催眠疗法啊。”

“美国著名的催眠师，瑞克O，来日本了。”

“就是那个日裔美国人？”

“不，她就是个日本人，一会儿就到电视台。接下来我要去见她，带着MASAKI一起，哦，NO，NO，是蜂、塚、骏。”

“你要做什么？”

“蜂塚骏是凶杀案中唯一的幸存者，不，可以说是唯一的目击者。但是，他本人却完全失去了那段记忆，所以，我要让他记起来，通过催眠的方法。而且，还要在电视上播出。”

“电视？”

“不是有个专门爆料艺人和名人的漫谈节目吗？偶像明星主持的。”

“我知道那个节目。”

“是的，我要让骏上那个节目。”

大仓胸有成竹地宣告完毕，潇洒地扬手将《世界》扔进垃圾桶，大步走了出去。

圣子看着大仓的背影，脑子高速运转，思索接下来自己应该做什么。不过几秒钟时间，她把手册往腋下一夹，快步追了上去。

+

大仓悟志和宫野圣子来到顶楼的会议室，看到电视台的导演和摄像，还有MASAKI以及他那个形影不离的好友兼助理须藤英之已经在那里等着了。

须藤英之发现大仓进来，就像个专业人士似的提出质疑。

“我看了试映，制作有点儿粗糙啊。”

大仓嫌弃地看了他一眼。

“刚才的是样片，懂吗？”

“什么态度嘛。”

圣子暗中拉住要跳起来的须藤英之。

“样片，只是从头至尾将画面捋顺一遍，不是最终的完成品，用出版界的词来说，就是校样。”

“啊？校样又是什么啊？”须藤甩开圣子搭在他肩膀上的手。然后转向坐在他旁边的MASAKI，像宣告自己的地位似的，气势汹汹地说，“让人说什么好呢，既然还没完成，把我们叫来干什么？是吧，MASAKI？”

然而，MASAKI没有给出任何回应，只是紧盯着房门的方向。

任谁都能看出此时的他极度紧张。

吧唧、吧唧、吧唧……

吧唧、吧唧、吧唧……

MASAKI口中传来一阵奇怪的声音。

圣子扭头一看，原来他把手指含在了嘴里。

连续不断的声音刺激着人的神经，让人烦躁。

吧唧、吧唧、吧唧……

吧唧、吧唧、吧唧……

圣子觉得再听下去自己就要忍不住大喊大叫了，明知道不礼貌，她还是忍不住抬起手想捂住耳朵。就在这时，门开了。

走进来一个戴着墨镜、满头金发的小个子女人，她身后跟着一个身穿黑色西服套装的半老女人。这个半老女人一看就是日本人，而那个金发波波头的小个子女人看不出来是哪国人，而且看着像是戴了假发。

大仓在圣子耳边低声说：

“如假包换的日本人。”

“她就是瑞克O？”

“没错。”

大仓站起身来，像美剧里那种搞笑人物一样，口中吐出一句半土不洋的“嗨——”，然后夸张地伸出双手抓住瑞克O的手。

“您好，您好，一直期待和您见面，谢谢您答应我们的请求。”他自来熟的态度吓得瑞克O后退两步，“咦？不好意思，我们以前见过面吗？”

“欸？”

瑞克O像狮子狗一样皱起脸。

身穿黑套装的半老女人边掏名片边说：“没见过，今天是第一次。”

圣子连忙起身接过名片。

接下来的几分钟，大家忙着交换名片、寒暄。

其间，MASAKI的紧张丝毫没有缓解，接连不断的“吧唧”声充斥着每个人的鼓膜。

吧唧、吧唧、吧唧……

吧唧、吧唧、吧唧……

瑞克O凝神盯着他。

黑套装女人也看向MASAKI。

“我看了你们的企划书，接受催眠治疗的是那个青年吧？”

大仓收敛起笑容，换上一本正经的表情。

“是的。请一定唤醒他的记忆！”

“他本人同意吗？”

MASAKI轻轻举起手。

“同意。为了电影的宣传，我什么都愿意做，我想成为明星。”

“哎呀，小伙子很有抱负嘛，未来可期。”

说完，她转向瑞克O轻声询问：

“您看可以吗？”

“既然他本人同意……”

得到瑞克O的应允，黑套装女人从随身携带的大包里掏出文件和钢笔。

“这是协议书，请仔细阅读一下，没问题的话，请签上名字。”

说是协议书，其实只是一张A4纸，内容非常简单。

大致就是“我已阅读相关说明，并在对此充分了解的基础上自愿接受催眠术，不会对治疗过程提出任何异议”之类的话。

MASAKI接过钢笔，看都没看就签上了自己的名字。

“保证人也得签字。”

大仓接过笔也签上了名字。

“所有手续已完成，接下来就开始吧。”

圣子惊疑地看向黑套装女人。

“什么？现在就开始？”

“是的。瑞克O老师今晚的飞机回美国，所以只有现在这段空闲时间。”

圣子回头看了看大仓，他虽然还是笑眯眯的，但脸上明显带着几分迟疑。不过，他很快做出决定，郑重说道：

“好的，就现在吧，没问题。”

闻言，一旁的摄像师立刻架起摄像机。

黑套装女人转向瑞克O。

“瑞克O老师，请吧。”

瑞克O没有说话，起身走到坐在椅子上的MASAKI身旁。而此时的MASAKI则不屑地看着靠近的瑞克O。

不过，他的不屑仅仅存在了一瞬间。

瑞克O的右手食指刚抵上他的额头，MASAKI便沉入了深深的睡眠，就像被海浪冲上沙滩的水母，趴在沙子上一动不动。

+

妈妈，那个男人是谁？

妈妈，为什么和他抱在一起？

妈妈，为什么脱衣服？

妈妈，为什么和爸爸以外的男人做那种事？

妈妈，不要，不要那样做。

妈妈，电话响了。

爸爸打来的？一定是爸爸打来的。

爸爸，快回来！

“航，快走，我老公要回来了。”

“沙保里，我们还能再见面吗？”

“会的，下次我去找你，快走吧，快点。”

妈妈，为什么要让那个人逃走?

他是个大坏蛋。

我要让爸爸抓住他!

“怎么回事儿？那个男的是谁？刚才跑出去的男人是谁？”

“不认识。”

“什么？”

“别说我了，说说你自己吧。”

“你不要转移话题。”

“你，虐杀狗，虐杀猫，你就是个罪犯！”

“不是，不是，你听我解释。”

“不用找理由，我都知道了，我看了监控录像，就是你。我不能和你这样的人继续生活下去！”

“没错，是我杀的。但就是些流浪狗、流浪猫，能把我怎么样？能判我多大罪？”

“你还敢如此理直气壮！”

“是因为压力。我压力太大了，你知不知道……你一天到晚一副高高在上的样子，从来不拿正眼看我。不管我多么努力工作，不管我怎么讨好上司，不管我怎么取悦客户，赚的钱却连你的一半儿都不到。我就是一个没出息、吃软饭的男人，靠着你开豪车、住豪宅，靠着你让儿子上有名的幼儿园。可是，这些都不是我想要的，我不想这样憋屈地活着！”

“那就分开吧。小骏给你，反正他也不亲我，跟着你会更幸福。我会把肚子里的孩子打掉，也是为了这个孩子好。”

“闭嘴！”

爸爸，住手，不要打妈妈。你们为什么吵架？是因为我吗？是因为我吗？

“我不能再跟你过下去了。我走，从今往后再也不用伪装自己，想怎么生活就怎么生活。”

“走？去哪儿？去找那个男人吗？”

“什么男人？不知道你在说什么！”

“装什么装？河上航一啊，刚才那个男的就是他吧？你别以为我什么都不知道，我一清二楚，奈绪都告诉我了。”

“奈绪？她怎么能这样？”

“奈绪说了，你还怀过那个王八蛋的孩子，后来堕了胎，你就是个不要脸的女人。当初我要是信了她的话，和她结婚就好了，就不会有这么大压力，这么多的烦恼！”

“你，你就是个罪犯，虐杀猫狗的变态！”

“是，我是罪犯，不过我可比不上河上航一，他才是名副其实的罪犯吧。你呢，你也很了不起，对罪犯念念不忘，嫁的老公，又是个虐杀猫狗的变态。呵，你这男人运还真叫人惊叹！”

“不要说了！不要，不要！”

妈妈，你手里拿的什么？刀？那是用来切肉的。你不是一直叮嘱我不要碰刀，会割破手吗？不可以，妈妈，你怎么用它砍爸爸？不要！

妈妈！

17

妈妈、妈妈、妈妈……

爸爸、爸爸、爸爸、爸爸……

“用画面呈现出来不行吗？光这样，效果不好吧。”

圣子看着屏幕上播放的画面，思索着。

已经回放了三遍，全是MASAKI无力瘫坐在椅子上，嘴里喃喃叫着“爸爸”“妈妈”，时不时地流下眼泪的画面，没有任何旁白和解说。

看着他的样子，圣子知道他的记忆复苏了，但在不了解情况的人看来，只会想到是一个熟睡中的人在说梦话。

而且，也没有任何MASAKI被催眠时脑海中呈现出的记忆的画面。通常来讲，说到催眠疗法，为了体现其神奇性，都会用一些夸张但易懂的方式来呈现。比如在催眠师的诱导下，回到当时的年龄，一一回答出催眠师的提问。

大仓脸上是一如既往高深莫测的微笑。

“不，这样才更真实，就用这段画面。不管怎么说，经过催眠治疗，他有了改变。”

的确如此。今天是催眠治疗后的第三天，MASAKI确实有所改变，说不上来具体到底哪儿有了变化，但能让人真切地感觉到他变了。

最明显的是他的表情。

以往那种对人的戒备，或者说掩盖内心恐惧的虚张声势不见了，更让人吃惊的是，他的眼神变得柔和起来，像幼儿一样清澈纯真。

事情发生在大仓和圣子离开G电视台的时候。

刚走出电视台大门，大仓的手机响了。

大仓接通电话，脸色眼看着变得青白。

圣子跟着紧张起来，担心地问："怎么了？谁的电话？"

"须藤英之。"

哦，是那个和MASAKI形影不离的发小。

"死了。"

"欸？谁死了？"

"MASAKI，死了。从公寓楼顶跳了下来。"

十

二十七日上午十一时左右，警局接到报警电话称演员MASAKI（本名真木骏）在位于东京都新宿区十二社的某公寓坠楼。MASAKI被紧急送往医院，救治无效身亡。

根据警视厅新宿十二社署的调查，当天上午十时左右，MASAKI和朋友通过步行梯到达公寓楼顶，后趁朋友不注意从楼顶一跃而下。

在MASAKI上衣口袋中发现了疑似匆忙写就的遗书，此外，有路人目击其从楼顶跳下，警方遂以自杀展开调查。

事发公寓无人居住，以"鬼屋"著称，常有年轻人闯入"试胆"。不久前，该公寓已确定近期拆除。

第四章

二〇一三年　再现

18

今年夏天，东京西新宿十二社新开了一家法式餐馆，名为“鹦鹉楼”。这栋西式建筑的前身是英国的Manner House，后直接迁建到此地。雅致的异域风格让它成为副都心的象征，而它自身的象征则是一只名叫“太郎”的鹦鹉。

太郎已七十八岁，口头禅是：“你叫什么名字？”

“鹦鹉楼”这一名字就来自太郎。昭和十年，一座西式建筑在此处拔地而起，成为某伯爵的别墅。别墅建成之时便饲养了太郎，慢慢地，人们就以“鹦鹉楼”指称这栋西洋建筑。

战后，该楼被改建成酒店，太郎继续生活在这里。然而，好景不长，因为一起事件，酒店被迫停业，成为一栋空楼。不幸中的万幸是，“鹦鹉楼”附近派出所的原警官吉村先生收养了太郎。

此后，“鹦鹉楼”被拆除建成了豪华公寓，而七年前这栋公寓也被拆除了。命运多舛的“鹦鹉楼”历经风雨，终于在二〇一三年，作为一座西餐厅重生了。

听闻“鹦鹉楼”回归，吉村先生决定归还太郎。

吉村先生激动地表示：“我只是代管太郎，相信它一定能在自己出生、成长的地方幸福地度过时日不多的余生。”

（周刊　东京观察　二〇一三年七月七日）

十

大仓悟志从杂志上剪下这段报道，像以往一样贴在了大记事本中。

这样的剪报本已经多达一百册。从进入媒体行业开始，他就养成了这样收集取材内容以及感兴趣信息的习惯。虽然如今已是数字化时代，但他依然保持着这样的做法。

尤其是最近七年来，足足制作了三十三本剪报，而且，内容都与同一个事件相关。

大仓把这起事件叫作“鹦鹉楼惨剧”。

这也是他如此执着做剪报本的理由之一。

真木骏之死对大仓来说，是他一生中最大的悲剧。真木骏死后，他几乎停止了一切工作，天天以泪洗面，直到第三个年头，他终于擦干眼泪振作起来，因为他找到了支撑他活下去的目标。

真木骏为什么选择了死亡？

这个疑问赋予大仓全新的生存意义。

他把这七年来的剪报本拿出来，逐一查看，通常一看就是大半天。这就是他如今的日常。在整合信息的过程中，他发现原来随机收集的信息就像被一条无形的线串联了起来，慢慢结成一张信息网，原本看似杂乱零碎的信息有序结合起来，讲述着一个哀伤的故事。

大仓打开夹着签条的那一页。

十

昭和三十七年（一九六二年）十一月七日，某高级料理店内，一位十二岁的少女杀害了食客等三人。

晚上九时，在东京都新宿区十二社的“鹦鹉楼”料理店，被迫接客的少女（十二岁）将火锅热汤泼到同桌进餐的常客某公司经理（四十八岁）和老板娘（五十四岁）脸上，趁他们惊慌之时用碎冰锥刺向他们的颈部、面部等部位，致人当场死亡，然后同样用碎冰锥刺死赶来查看情况的男用人（七十三岁）。位于料理店屋后的某青楼艺妓从窗口看到这一幕后立刻报警，等警察赶到时，少女已经逃离犯罪现场。第二天早晨，巡警于熊野神社附近发现少女蹲在排水渠旁，随后将其押回派出所。该少女供述，由于平日被迫在“鹦鹉楼”料理店提供性服务，遂对被害男子以及老板娘心生怨恨。当天，被害男子自行带肉来料理店做火锅。当她吃了一片肉后，该男子告诉她“这是熊野神社附近一条流浪赤犬的肉”。听闻此言，她怒火中烧，燃起熊熊杀意，冲动之下舀起热汤泼向该男子。

据说该少女非常喜爱那只赤犬。

（战后少年犯罪资料库）

每日出现在电视上的催眠师瑞克〇，标志性的装扮是金发波波头和墨镜，但是很多人注意到瑞克〇的身高、体形，甚至连声音和说话方式都时常有变化，所以坊间传说瑞克〇其实并非一个人，而是一个团体，成员交替出现在公众面前。传言还是实情？请各位自行判断。

（网络传闻今昔物语）

第三　被告人在明知C女未成年的情况下，强行与其发生关系，致使其内脏器官破裂，同时该犯罪行为给C带来巨大精神伤害，引发创伤后应激障碍。

（法院官网案例一览）

西新宿土著　08/03/18　02:20

中央公园有一个流浪大婶，非常引人注目，推着一个类似货摊的巨大手推车，好像在这附近流浪二十几年了。

三角大楼　08/03/18　02:56

我知道她。以前住在连接西新宿和新宿站的地下通道里，因为一九九六年强制清退流浪者，她就转移到了中央公园。住地下通道时还很年轻，那时手中还不是小推车，而是一个行李箱。看样子是离家出走，此后就一直流浪了。

路过的神秘人　08/03/18　10:12

听说那个行李箱中装的是尸体！

+

大仓悟志合上剪报本。

准备着手寻找“答案”。

但是靠他当前的境况和能力，无法找到真相，必须有人协助才行。

他拨出一个电话，手机屏幕上显示的名字是“宫野圣子”。

宫野圣子是一位非常有能力的人。大仓心想，有了她的帮助，一定能尽快找到答案。

19

七月末的一个深夜，宫野圣子接到一个电话。

她结束工作，刚乘坐出租车回到自家楼下，电话响了。手机屏幕上没有显示来电人姓名，只有一串数字。骚扰电话？但是出于媒体人的职业习惯，她还是接通了电话。

“圣子小姐？”

她马上听出来是谁，虽然他们已经七年未见。

“大仓先生！”

“现在有时间见个面吗？”

“啊？现在？”

圣子看了看手表，已经十一点多了。这个时间，一个男人邀请一个女人见面，大家自然会往男女情爱上想，但是放到大仓身上就不同了，因为他对那方面没有兴趣，约女性要么是嫉妒要么是友情，不然就是商业合作。

“想找你商谈一点工作上的事儿。”

“工作？你知道自己在说什么吗？你都隐退七年了，七年啊。”

“我已经是个被遗忘的家伙了？”

“很遗憾地告诉你，的确如此。”

“也是，谁让我七年前没等电影上映就逃跑了呢。”

“谁说不是呢，结果那部电影也被打入了冷宫，你都不想想是多大的损失。”

“所以，我想再要一个机会，赌一把。”

“赌一把？”

“是的，我一直没有放弃一个想法。”

虽然如今世人已不知大仓是谁，但不可否认，他是一个往往能一鸣惊人的天才制作人，所以既然他说“一直没有放弃”，那肯定值得一听。

“现在这个时间太晚了，明天早晨吧。”

“也好。明天请你来我这里一趟。”

“哪里？大仓先生，如今你在哪里‘修仙’呢？”

“镰仓，一会儿给你发位置。那就明天见，时间你定，我随时恭候。”

+

下午一点左右，圣子来到大仓的住处。

从长谷站出来，步行不过四分钟就到。是一套豪华度假公寓，无敌海景令人咂舌。

大仓悟志其人，再怎么说被人遗忘，毕竟也创造了一个属于自己的辉煌时代，手中的财富足以让他在这种价值数亿、每月租金高达一百五十万日元的超豪华公寓中过着优雅的“隐居”生活。再看看大汗淋漓的自己，想想自己每天过的日子，圣子不禁哀叹：“人比人，气死人呢。”

圣子在沙发上坐下来，看到眼前的茶几上摆着一堆记事本和一份策划案大纲。

“听说圣子小姐如今在G电视台的策划部工作。”

“你不是与世隔绝吗？竟然还知道这些事儿。”

大仓没有理会圣子的调侃，指着茶几上的东西说：“你先看看这个。”

圣子拿起用曲别针别着的策划案。

只有三页纸，内容很简单，圣子很快浏览完毕。

简单来说，就是一个尝试在演播厅解决悬而未决的问题的节目策划，具体来讲，就是把事件的证人、相关人员等召集起来，再现案发现场，由此展开推理……

圣子不禁有点儿失望。

这也太普通了吧，简直让人难以相信是大仓的创意。难道这七年的与世隔绝彻底磨灭了他的才华？

反观大仓，脸上依然是以往那种高深莫测的微笑，却丝毫没有掩盖住满满的自信。

“这个策划案的亮点是hypnotherapy。”

“难道你要找瑞克O？”

“没错。”

圣子愈发失望。

不可否认，如今瑞克O的确人气很高，估计是在美国过气了，便转战日本，到处上节目捞钱。其实，在国内也已经开始出现衰退趋势，不少人说“瑞克O热”顶多持续到年底。

看圣子兴致缺缺，大仓颇有深意地说了一句：

“如果说这个瑞克O是解开谜案的关键呢？”

“什么意思？”

“比如，我们把瑞克O当作谜案的重要参考人……”

“什么？你说的谜案是……”

“发生在一九九一年，俗称‘鹦鹉楼惨剧’的事件。”

圣子不禁发出一声怜悯的叹息。这个人，果然还没从那件事中走出来。

“没错，如你所想，我的执念很深。毕竟是我把MASAKI拉进来的。所以，对他的死，我无法做到无动于衷。不管等待我的会是什么结果，我都不会放弃，我一定要义无反顾，彻底查明真相。”

虽然半信半疑，但是圣子自那天开始还是为实施大仓的策划忙碌起来。反正大仓已经筹划好了前期工作，圣子只需按照他的部署完成自己的任务即可。

联络员就是圣子的定位，不过就是一个按照大仓提供的信息召集节目必需人员的角色而已。

上当了！

可惜等她反应过来时，为时已晚。

就这样，圣子被迫与这档节目捆绑到了一起。

20

九月十五日。

G电视台三号演播大厅，再现了一九九一年九月十五日当天

Belvedere・Parrot 公寓顶楼公共休息室的场景。

被邀请的人陆续到来。找到她们，并劝说她们来到这里的就是宫野圣子。

然而，有两个人无论如何也没找到，一个是蜂塚依子，被害人蜂塚祥雄的妹妹。案件发生后，她便离家出走，行踪不明，以前曾经给《世界》杂志写过一封信，但没留下地址，至今仍然下落不明。另一个人是南川千鹤子，像是人间蒸发了一样，没有她的任何消息。

其实，找到这些人还不算太难，真正困难的是说服她们上节目。圣子扫了一圈儿到场的案件相关人员，此刻心中只有一个想法：如果没人慰劳一下自己这些日子以来的辛苦奔波，实在情理不容。

尤其是须藤朱美，让圣子吃了不少苦头，每次都被她拒之门外，只丢出一句："我再也不愿回想那天的事。"

而劝说山谷惠子却意外地顺利，别说愿意了，她简直就是积极主动地要参加这个节目，脸上难掩兴奋和期待地说道："能见到老朋友，实在是太好了！须藤太太也会去的吧？"

佐佐木阳子也很爽快地答应了。她和山谷惠子一样属于"人生赢家"，孩子很有出息，考上了理想的大学。两个人一见面就激动地拥抱在一起，像两个亲密无间的女高中生。

吉田绘美远远地看着抱在一起叽叽喳喳说个没完的两个人。她的日子过得差强人意，一开始让圣子费了不少口舌，但决定参加后，一切都很配合。

接下来是野口隆子，一九九一年九月十五日的慈善义卖本就是为她举办的。圣子费了九牛二虎之力才劝动她答应上这个节目。刚才圣子还一直担心她会不会突然改变主意，因为过了预定时间五分钟，她还没有出现。直到见她走进演播大厅，圣子悬着的心才放了下来。她女儿最终还是离世了，却并不是因为那个重病，而是死于一场意外事故，她也因此离了婚。塞翁失马，焉知非福。离婚后，她开辟了自己的事业，做得风生水起，可以说是这几人中最成功的一个了。她随手拎着的那个爱马仕铂金包绝对不会低于五百万日元。

“大家好，请在贴着自己姓名的椅子上就坐。”

大仓悟志走上台，手中拿着几册大记事本。

圣子偷偷瞥了一眼，看到微型摄像机已经开始工作。为了让参加人员保持最自然的状态，不至于在镜头前紧张，这次没有动用固定摄像机。

“请大家跟随我回到一九九一年九月十五日的晚上七点钟。那天有台风登陆，是吧，须藤太太？”

猝不及防地被点到名字，须藤朱美愣了一下。

“是的。受台风影响，交通都瘫痪了，所以到了预定时间，人没聚齐。我老公出去办事儿，也没按时赶回来。”

“那么，当时在场的都有谁？”

没等须藤回答，山谷惠子抢先说：“须藤太太、佐佐木太太，还有……对了，佐佐木太太，你老公是不是也在？”

“没有，就我自己，我老公有事儿不能参加。”

“哦。那就还有吉田太太和……”

没等山谷发问，吉田就主动回答：“我也是一个人。本来我老公要带他同事一起来的，没想到堵在路上，当时还没赶到。”

“接下来还有野口太太和……野口太太，我记得当时你们夫妻都在吧。”

“嗯，是的。那个……我现在不姓野口，姓渡部。”

“是吗？为了避免混乱，还是称呼你野口太太吧。”

山谷低头看着自己辅助算数的手，五根手指已经握了起来。

“然后，还有我。”

她伸出小手指。

佐佐木补充说：“蜂塚祥雄也在。”

山谷惠子闻声伸出无名指。

吉田绘美插了一句：“还有千鹤子女士，是沙保里的朋友。”

山谷惠子又伸出了中指。

大仓悟志终于抢过来话语权。

“这样，就是八个了。当时在场的就这八位吗？”

野口隆子慌忙补充：“还有我的一个朋友。”

山谷惠子的食指立了起来。

大仓再次确认。

“那就是九个人？”

山谷惠子扬着四根手指直立，唯有大拇指握在手心的手，急急忙忙说道：“我记得好像是十个人。”

吉田绘美轻声附和道：“我也觉得好像是十个人。”

佐佐木则无比肯定地说：“没错，就是十个人，因为当时我就是这么跟警察说的，我记得非常清楚。”

“啊，还有个在广电系统工作的人。我想起来了，就是有这么个人，是公寓看门人菅野叫来的，不过他很快就走了。”此前一直沉默不语的须藤朱美突然开了口。

“广电系统？是电视台的人吗？”

说着，山谷惠子伸直大拇指，高高举起手掌看着大仓悟志，扬声说：“正好十个人。”

“明白了，当时休息室里一共有十人。”

大仓边说边走向演播厅中央的转椅，煞有介事地坐下来，扫视一圈儿后，慢慢吐出一句话。

“杀害蜂塚祥雄和蜂塚沙保里的真凶，就在这十人当中。”

宫野圣子惊得差点儿跳起来，她定定地看着大仓悟志，不知道他为什么会这么说，而且想必在座的各位都与她同样震惊和疑惑。

凶手不是河上航一吗？是如今还在逃亡中的河上航一啊。

首先出声的是须藤朱美。

“凶手是谁？反正不是我，当时因为某件事，我正和山谷太太吵架呢。”

话音未落，山谷惠子就连连点头。

“是的，是的，当时我俩吵得很凶，在座的各位都能证明。在我们吵架期间，楼下的蜂塚家出了事儿，所以和我俩一点关系都没有。对吧，须藤太太？”

她亲热地挽起须藤的胳膊，就像两个从未争吵过的亲姐妹。

“确实如此，须藤太太和山谷太太吵得都打起来了，所以，你们两个排除嫌疑。”

听大仓这么说，须藤朱美和山谷惠子同时长舒一口气。

佐佐木阳子忍不住开了口。

“凶手到底是谁啊？”

大仓没有回答，停了一会儿，扯扯嘴角，脸上露出标志性的微笑。

“接下来，先请出我们今天的特别嘉宾。”

他打了个响指，一位工作人员带着两个人走了出来。

同时，演播厅内响起一阵熟悉的音乐。

是瑞克O出场时的专用音乐，音乐剧《卡门》中的《哈巴涅拉舞曲》。

“我来给大家介绍一下，这位就是赫赫有名的催眠师瑞克O女士。这位嘛，是瑞克O女士的经纪人。”

突如其来的嘉宾引起现场一阵骚动。在场的人不知大仓葫芦里卖的什么药，就连瑞克O和她的经纪人也是一脸茫然地站在那里。

“冒昧问一句，今天的瑞克O是哪一位呢？”

“嗯？”

瑞克O的眉梢微微挑起，想必墨镜下的眼眸中满是惊诧吧。

“瑞克O是包括经纪人在内的团体名称吧，并不是特定的某个人。”

场上有片刻的安静。随后，戴着黑框眼镜、身穿黑套装的经纪人回应道：“……好像坊间有这样的传闻。”

“请问经纪人女士，你跟在瑞克O身边多久了？”

“差不多十七八年了。”

“从瑞克O女士还在美国时就跟着了吗？”

“是的。”

“原来如此。请瑞克O女士和经纪人入座。这样，所有人都到齐了。那么我们正式进入正题，开始搜查凶手。”

大仓动作夸张地跷起二郎腿。

“在须藤太太和山谷太太吵架期间，有人离开了休息室，那个人，就是真正的凶手。”

——啊。

感觉身后传来一声微不可闻的低呼，圣子回头看了看。

“大家还记得当时是谁溜出去了吗？”

大仓的提问让演播厅顿时布满疑云，一种山雨欲来风满楼的气息穿梭在每个人的脸上。

吉田绘美颤声说：“我不记得了，当时大家只顾着劝解须藤太太和山谷太太。”

“但确实有人离开了，一个人，不，或许是两个人。离开的人是……”

大仓突然停了下来。

这时，不知谁小声说了一个名字。

“千鹤子女士。”

接着，一阵附和声响起。

“对！南川千鹤子女士中途离开了。”

“啊！对，对，就是南川女士，沙保里的朋友。”

大仓调整一下坐姿，重新跷起二郎腿。

“没错。南川千鹤子，她……就是真正的凶手。”

接下来，演播大厅陷入长久的沉默。

宫野圣子实在难耐令人窒息的静寂，脑子一抽，问了一个白痴的问题。

“南川千鹤子是谁？”

没想到这个提问却让大仓眼睛一亮，表情一下子松弛下来。

“问得好，南川千鹤子是谁？这就是问题所在。只要解开这个谜题，其他所有的问题都将迎刃而解。”

说着，他打开一册记事本。

“南川千鹤子，生于昭和二十五年，二十四岁时嫁给一个姓‘南川’的男人，共同生活十二年后，因某件事离婚，离婚后千鹤子依然保留了南川这个姓。她本名叫水木千鹤子，出生在新宿区十二社的青楼，母亲是个青楼女子，父亲是其中一位客人，姓名不详。千鹤子十岁时，母亲丢下他和一个男人私奔，行踪不明。”

——不要……

背后又是一声近乎祈求的呻吟，圣子再次回过头看了看。

大仓的声音还在继续。

“青楼老板娘收留了被抛弃的千鹤子，但强迫她去‘鹦鹉楼’接客。第一次的客人是一个在大久保放高利贷，名叫金田的男人。金田成了她的常客，每周来找她两三次。

“有一天，金田带来一些肉，商量着做火锅吃，还叫来了老板娘。于是，几人就开始了一场小型聚餐，用人搬来了火锅、威士忌、啤酒，还有冰块。在金田的劝说下，千鹤子将筷子伸进锅中，夹起一片肉，并连说好吃，而这时，男子却突然说‘这是熊野神社附近那条流浪赤犬的肉，听说它要被抓到动物收容所去，索性我就把它弄了回来’。千鹤子非常喜爱那条赤犬，听了金田的话，心中百感交集，平日里积压的负面情绪以及对金田的痛恨一齐迸发，熊熊怒火烧掉了理智，她端起火锅热汤便泼向金田，趁着金田因烫伤痛苦不堪之际，拿起桌上的碎冰锥猛刺其颈部和面部，然后又用碎冰锥刺向阻止她行为的老板娘，接着又刺杀了听到动静赶来查看的男用人。事后，千鹤子逃离了现场，但很快被警察抓到。警方和法院考虑到她的年龄和遭遇，做出温情判决。经历一年的入院生活后，千鹤子恢复了精神健康，后被送进福利院。

“从此，千鹤子过上了安稳的生活。

“她本就头脑聪慧，凭自己的努力考上了夜大，毕业后入职一家颇有实力的出版社，在那里与南川相识、结婚，并生育了一个女儿。千鹤子对女儿非常疼爱，一心想把自己从未享受过的关爱和幸福加倍送给女儿。然而，不幸突然降临，昭和六十年，女儿被河上航一凌辱，不仅遭到内脏破裂的重创，还出现了创伤后应激障碍。第二年，便精神障碍发作，上吊自杀了。

“千鹤子去旁听对河上航一的审判时，见到为河上航一做减刑证人的沙保里。她无法原谅沙保里竟然庇护十恶不赦的河上航一，便怀揣恨意接近沙保里，但是在得知沙保里同样遭受了河上航一的伤害时，又对她生出同情之心，尤其是在了解到沙保里的身世后，便越发同情她。因为沙保里和她一样，都是艺妓的孩子，都生活在单亲家庭。此外，女儿的死亡导致千鹤子也患上了应激障碍，备受困扰下，她将身心寄托在神灵信仰上，因此对具有预知未来能力的沙保里又心生敬畏。于是，她决定助力沙保里的事业，开启新的人生。”

大仓一口气说到这儿，急速的语调将大家的心吊了起来。

他做了一个长长的深呼吸。

“以上讲的都是事实。接下来我要说的，是我的推理，但郑重说明一点，我的推理基本等同于事实。”

他再次深吸一口气，为接下来的长篇叙述积蓄足够的气息。

“让我们再次回到一九九一年九月十五日。千鹤子担心没来参加义卖的沙保里，决定去看看她。八点左右，她来到901室的蜂塚家，进门就看到蜂塚沙保里挥刀刺向蜂塚祥雄的身影，且听到了沙保里坦白对河上余情未了的话语。在这种刺激下，她的应激障碍发作，脑海中浮现出自己十二岁时的杀人场景，于是夺过菜刀刺向沙保里。对沙保里日积月累的憎恨在这一刻完全爆发。是的，或许千鹤子自己也没意识到，她对沙保里的憎恨竟然日趋加深。同样的出身、同样的境遇，沙保里不仅得到了深厚的母爱，还得到了父亲的珍重，过着和自己天壤之别的无忧无虑生活。每次看到沙保里在文章中对这种幸福生活的讲述，她心中的恨意便加深一分。

“终于，所有的恨意在这一刻彻底爆发，刀刀杀气毕露，可怜的沙保里浑身是血。此后，千鹤子失去了意识，而且出现了选择性失忆现象，但她模糊地记得自己的行凶片段。为了找回记忆，更重要的是为了解救自己，她决定尝试催眠疗法，于是飞往了美国。”

场上出现了短暂骚动，然后，大家的视线齐齐落到一个人身上。

视线的焦点是瑞克O。

大仓的声音响彻整个演播大厅。

“七年前，你主动联系我说想给MASAKI做催眠治疗。我接受了你的提议，马上书写了企划书，并将申请书传真给了你。

“你之所以这样做，是因为看到了《世界》上刊登的MASAKI的自传，想知道他对那个凶杀案到底知道多少。七年前，二〇〇六年七月，那个案件还在诉讼时效期内，所以你害怕了，想确认一下MASAKI到底有没有目击你的犯罪行为，或是看到多少。

“然而，还没等MASAKI给出答案，他就自杀了。遗书中尽是绝望，想到父母无耻的争吵，想到自己得不到父爱母爱的事实……一件件、一桩桩历历在目，他在冲动之下选择了‘死亡’。当然，他的死不是你的责任，但不可否认的是，事情因你而起。从这点来说，我也有不可推卸的责任，因为是我让他接受了催眠治疗。

“话说回来，你在美国一共待了多少年？或许，对你的诉讼依然有效，因为你躲在海外的时间不计入时效期。电视剧里经常会有这方面的知识吧？不，其实，你的诉讼时效永远不会届满。因为，法律上已经废除了诉讼时效的规定。是的，你没听错，二〇一〇年，也就是平成二十二年四月二十七日，国家废除了凶杀案等重大犯罪的公诉时效，杀人凶手将永远受到追捕、通缉！”

大仓放下跷起的一条腿，整理好衣服，慢慢站起。

然后，像电影中的慢镜头一样，慢慢走向一个人。

“千鹤子女士，我们不是第一次见面。我们以前就见过，一九九一年九月，南青山的咖啡馆。”

说着，他抬起手，轻轻搭在黑套装女人的肩头。

“还记得吗？瑞克O的……经纪人女士。”

千鹤子猛地瞪大双眼，脸瞬间变得赤红，继而发出一阵无法转换成语言的喊叫。在场的人一拥而上，紧紧围住了她。

第五章

二〇二三年 鹦鹉楼晚餐

21

南川千鹤子，以故意伤害五人的罪名被逮捕。

不过，五人都只是受了点轻伤。宫野圣子被千鹤子扔过来的塑料椅子砸中，小手指骨折了。

虽说受伤的是小手指，但行动起来还是有诸多不便，比如现在，圣子坐在新宿中央公园附近的私家菜馆里，好几次都没端稳咖啡杯，差点儿摔落在地上。她在这里等大仓悟志。

大仓悟志叮嘱她一定按他说的时间点到这里来，并且要坐在指定的位置。

昨天，圣子在电视台一找到大仓，连寒暄都省去了，上去就问："你有河上航一的信息吗？"

大仓先是一愣，然后像看个傻瓜似的笑了。

"除了震惊我不知该说什么，看来那些剪报你是白看了，我还以为你早就注意到了呢。说起来，明明还是你给我的提示。"

圣子一头雾水，不知道他在说什么。

大仓看她迷糊的样子，叹了口气说。

"这样吧，明天下午三点，你在新宿中央公园入口附近的家庭餐厅等我，记住，一定要坐在窗边，看得到中央公园的那一侧。"

圣子看了眼表，已经三点五分了。透过西窗射进来的阳光非常刺眼，圣子抬手搭在眼睛上。

就在这一刻，她看到了一幅怪异的画面。

一座离奇的“大山”正在缓缓向马路对面的中央公园移动。圣子仔细看了又看，才分辨出这个庞然大物是堆积在一起的布、纸、杂货、纸壳、杂志等各种各样的废品，底下有轮子，不知道是小推车还是台车，或者是婴儿车，反正就是那种小型的“车”。

“可真能装啊。”圣子忍不住赞叹。

然后，她看到了推车的人，是个女人，看样子和自己差不多的年龄。她怎么落魄到这种地步呢？圣子不忍看下去，移开了视线。

就在这时，电话响了起来。

是大仓悟志打来的。

“不好意思，突然有点儿急事，今天我过不去了。”

“啊……好吧。”

“看见了吗？”

“欸？”

“蜂塚依子。”

“什么？”

“每天这个时间，她都会经过家庭餐厅去政府那边。”

不知道这个人在胡说什么。讶异间，圣子看到那座“山”走近了。

“蜂塚依子每天游走在西新宿捡拾废品。说起来，西新宿这么干净，她的功劳可不小啊。”

真的吗？这个流浪者竟然是蜂塚依子！

“而且，还有一个传闻，说是依子推着的垃圾山下埋着一具尸体。”

难，难道是河上航一？

“必须得找个时间和她聊聊了，问问她这二十二年……算了，还是不要惊扰她为好。对了，南川千鹤子被放出来了，有一个非常厉害的律师帮她，或许她最后不会被起诉。”

“欸？你不是说时效期……”

“呵呵，那是我故弄玄虚。她在美国的时间合计不到三年，所以说时效期早就过了。”

“是吗？”

明知过时效期了，为什么还那样说？难道是为了扰乱千鹤子的心神，诱导她在恐慌之下冲动做点什么被逮捕？

圣子感到脊背一阵发凉。

“很遗憾呢，你最终还是不能把千鹤子送进监狱。”圣子的语气中不由多了一丝讥讽。

“嗯……真的是这样吗？”

“不是有可能不起诉吗？不是有个厉害的律师帮她吗？”

“是啊。对千鹤子而言，再也没有比他更能依靠的人了。他是一个很优秀的男人，原检察官，如假包换的司法界精英。”

“司法界的精英？”

说到这里，圣子猛然生出一种异样的感觉，嘴里又喃喃重复了一遍。

HOUSOU（司法）界，HO-U-SO-U（广电）界。

“大仓先生！一九九一年九月十五日义卖现场的第十人，不是在广电系统，而是在司法系统工作？”

“哎呀，你终于想明白了？是的，那天在休息室的第十人是时任东京地方检察院检察官的香坂雅哉，当年就是他竭尽全力利用自己的职务之便，并且利用自己一手带出来的徒弟警察，消除了警方搜集到的所有证据，编造出河上航一是凶手的结案报告。”

“……到底是怎么回事儿？”

“香坂雅哉，是另一个罪犯。”

“大仓先生，你……”

“所以，我才精心策划了南川千鹤子和香坂雅哉的再会。我故意把南川千鹤子被捕的消息透露给他，果然，香坂先生放下一切事务赶去见千鹤子了。呵呵，多么美好、多么令人感动的初恋情结。可恶，让他的幸福见鬼去吧！”

说完，他挂断了电话。

圣子保持着手机放在耳边的姿势，茫然地看着窗外，刺目的阳光中只留下蜂塚依子逐渐消失在政府大楼后的一抹背影。

22

西新宿十二社“鹦鹉楼”法式餐厅。

晚上七点，香坂雅哉坐在最里边的桌子旁，耐心等待南川千鹤子。

与千鹤子在这样优雅的环境中见面，终于变成了现实。

以前并不是没有机会。

二十二年前，儿时伙伴小菅……菅野健一告知他那个消息时，他脑海中浮现的见面场景，就是在这种高级饭店，只有他们两个人，相对而坐吃炸虾的画面。然而，当时他却没有付诸行动的勇气，惹得菅野恨铁不成钢地数落他。

“小香，你都这个年龄了，好不容易等到水木也单身了，就该享受一场轰轰烈烈的恋爱。我有老婆，我是什么想法都没有了，你有什么顾虑的？”

雅哉嗫嚅着说自己在这方面实在不擅长，不知道该怎么做。

菅野给他出主意。

“这样吧，这个星期天，你来我工作的公寓。那天有一场慈善义卖，水木也会参加，你就装作偶遇，命中注定的再会。女人嘛，有哪个能抵挡住命中注定的缘分呢。”

然而，谁也没想到这个“命中注定”脱离了既定轨道。

那天，雅哉不到十九点就到了公寓顶楼休息室的义卖会场。他之所以能畅通无阻地进入公寓，是因为菅野违规给他行了方便。

没看到千鹤子的身影，不知道是台风的缘故还是怎么回事儿，他感觉会场的气氛怪怪的，让他一刻也不想多待。于是他暗自决定，再等五分钟，如果千鹤子还不来，他就离开。

就在这时，千鹤子走了进来，雅哉一眼就认出来了。

千鹤子基本没什么变化，还是他心中的那个“水木”。雅哉一时思绪万千，忍不住红了眼圈儿，只恨自己当初没能力保护她，如果是现在的自己，一定不会让她受到任何伤害。他踌躇着，不知道该怎样上前打招呼。“还好吗？”不行，不行，要不就问“还记得自己吗”？

犹豫不决间，他一抬头发现千鹤子竟然不见了，扫了一圈儿，哪里都没有。他想着千鹤子是不是离开了，便赶紧跑出去，只看到千鹤子走向步行梯的一抹背影，一闪没了踪影。他追到楼梯处，不知道该往上还是该往下。就在这时，九楼传来一声短促的哀叫，他心中咯噔一下，身体已经先于思想跑下了九楼，四下观望，只看到901室的入户门开着一条缝。他走上前敲了敲门，没听到回应，又按了按门铃，依然没有任何回应，索性推开门往里望去。入眼是一双眼熟的运动鞋。雅哉确定那是水木今天穿的鞋，心脏一阵剧烈跳动。他抬脚走进屋内。

结果，就看到了那一幕。

想到这儿，雅哉闭上眼，轻轻摇了摇头。

我没做错，为了保护水木，我只能那样做，我相信自己的选择是正确的。我只是从握着菜刀、失神站在那里的水木手中抽出菜刀，按下紧急呼叫铃报了警，然后离开901室回到顶楼的休息室。休息室的气氛依然紧张压抑，有人悄悄往外走，我便随他们一起进了电梯，然后离开了那栋公寓。

外面风雨交加，但是我相信这场暴风雨一定能给水木带来好运。无视吹在脸上、打在身上的风雨，也不知走向哪里，我只是机械地往前走着，满脑子只有一个想法，那就是怎样做才能最大限度地保护水木。最终我下定决心，自己主动接手这一案件，不管多么困难，不管多么棘手，我一定要确保水木置身事外。

“你叫什么名字？”

高亢的鹦鹉说话了。

七点十一分，服务员引领千鹤子走了过来。

她穿着一条与她气质非常适称的淡蓝色连衣裙。

雅哉恍若看到了当年的水木。

“我点了传统的法式套餐，你看合适吗？”

千鹤子看也没看，只是小声道谢。

“谢谢，可以。”

“还是炸虾让人怀念啊。”

听到这句话，千鹤子终于抬眼看了看雅哉，但马上又垂下了头。

“放心吧，你一定不会被起诉。”

“……我们以前见过面吗？”

“啊，其实……我当时是检察官，在取证室见过你一面，你是参考证人。”

“是那个时候啊。不好意思，没认出您。”

“没事儿。”

“老师，那个叫大仓的制片人说的那些……”

“我听说了，不过他那是胡说八道，你不用放在心上。你和那个案子没有任何关系。”

“什……”

“不说那些了。其实，很早很早以前我们就见过面……你还记得吗？”

“欸？”

“就是这里，十二社。我，是我啊，你不记得了，水木？”

雅哉边说边往前探了探身子，期待地看着千鹤子。

“啊……”

千鹤子瞳孔微缩，难以置信地看着雅哉。

“你还记得‘十二社亭’那家洋快餐店吗？你当时经常去下单的。”

雅哉只顾兴奋地回忆，完全没有注意到千鹤子愈发惨白的脸。

“你叫什么名字？”

又传来一声高亢的鹦鹉声，肯定是有客人来了。

“哈哈哈，你听，这家伙还是这么中气十足，一点儿没变呢。当年我去鹦鹉楼送餐，它也是这样叫的。它可真了不起，说起来，差不多快八十岁了吧。”

“……你去鹦鹉楼送过餐？”

“嗯，去过一两回。”

“是……吗？”

“真令人怀念啊，就像时光倒流一样。对了，你还记得熊野神社的‘轰轰’瀑布吗？”

“别说了！”

“欸？”

“别说，别说了！”

“水木，你怎么了？”

“不要这样叫我！”

“水木，你到底怎么了？身体不舒服吗？”

“你是……香坂？”

雅哉双眼放光，高兴地连连点头。

“是啊，是啊，你终于想起我了？”

“没错，我想起来了，你就是那个偷窥的家伙。”

“欸？”

“就是你，偷窥我如何被人凌辱。”

说着，千鹤子拿起餐桌上的一把餐刀紧紧握在手中，慢慢站起身。

“你怎么了？水木？水——”

雅哉最后听到的一句话是：“我恨你！”

这句话像针一样刺入雅哉的胸膛，雪白的桌布慢慢开出绚丽的红花。

“真像那时候看的一场电影的最后一个镜头。”

在越来越弱的气息中，在越来越空白的意识中，雅哉努力回想着那部电影的名字。

叫什么名字来着？

小本、小菅、小安，我们四人看的那部黑白电影。

轰轰瀑布、储气罐，还有净水厂西沉的夕阳。

那时的西新宿，还是一片旷野，一眼便能望到头。

雅哉模模糊糊看着眼前闪现的景象，感到自己的身体急速冷硬下来。

参考文献

写真集 新宿風景——明治·大正·昭和の記憶——〈新宿歴史博物館〉

ステイション新宿 〈新宿歴史博物館〉

常設展示図録 新宿の歴史と文化 〈新宿歴史博物館〉

バブルの肖像 〈都築響一著/アスペクト〉

バブルアゲイン 〈伊藤洋介著/アクセスパブリッシング〉

サド侯爵の生涯 〈澁澤龍彥著/中公文庫〉

現代殺人の解剖〈コリン·ウィルソン著、中村保男訳/河出書房新社〉

参考网址及博客

十二社 今昔物語

http://blogs.yahoo.co.jp/shinjyukunoyamachan

あの頃のよどばし

http://www.ne.jp/asahi/woods/life/ma-ph.htm

東京の水 2009 fragments

http://tokyoriver.exblog.jp

落合道人 Ochiai-Dojin

http://chinchiko.blog.so-net.ne.jp

昭和毎日:昭和写真館

http://showa.mainichi.jp/photo/

@ぴあ特集コラム 第36小節 リュート奏者:つのだたかし

http://www.pia.co.jp/column/classic/36_tsunoda.html

素浪人·サンダルニャーゴの日々

http://ameblo.jp/sandal-nyaago/

こよみのページ

http://koyomi.vis.ne.jp/

新宿歴史博物館 データベース 写真で見る新宿

http://www.regasu-shinjuku.or.jp/photodb/index.html

裁判所

http://www.courts.go.jp

北京市版权局著作合同登记号：图字 01-2023-0662

图书在版编目（CIP）数据

鹦鹉楼谜案 /（日）真梨幸子著；胡环译 . -- 北京：台海出版社，2023.5
ISBN 978-7-5168-3514-2

Ⅰ . ①鹦… Ⅱ . ①真… ②胡… Ⅲ . ①推理小说－日本－现代 Ⅳ . ① I313.45

中国版本图书馆 CIP 数据核字 (2023) 第 044055 号

鹦鹉楼谜案

著　　者：[日] 真梨幸子　　译　　者：胡　环

出 版 人：蔡　旭　　插画绘制：李宗男
责任编辑：员晓博　　封面设计：李宗男

出版发行：台海出版社
地　　址：北京市东城区景山东街 20 号　　邮政编码：100009
电　　话：010-64041652（发行、邮购）
传　　真：010-84045799（总编室）
网　　址：www.taimeng.org.cn/thcbs/default.htm
E－mail：thcbs@126.com

经　　销：全国各地新华书店
印　　刷：北京盛通印刷股份有限公司
本书如有破损、缺页、装订错误，请与本社联系调换

开　　本：880 毫米 ×1230 毫米　　1/32
字　　数：230 千字　　印　　张：9.25
版　　次：2023 年 5 月第 1 版　　印　　次：2023 年 5 月第 1 次印刷
书　　号：ISBN 978-7-5168-3514-2

定　　价：58.00 元